Sintflutsagen
der Welt

ausgewählt und zusammengestellt

von

Gertrud Schulter-Jeffré

Alle Rechte vorbehalten
Satz und Layout: Dirk Schulter
Herstellung: Books on Demand GmbH
Dezember 2001
ISBN: 3-8311-3133-3

Inhaltsverzeichnis

Einleitung

Die Sintflutüberlieferung der Bibel ist den meisten unseres Kulturkreises mehr oder weniger gut bekannt.

Daß es aber eine Fülle solcher Sagen gibt, verbreitet fast über die ganze Erde, dürfte wohl nicht jedem bekannt sein.

Der nackte Inhalt aller Erzählungen ist zwangsläufig gleich - das viele Wasser, die 'Große' Flut, die 'Sint'flut bedroht die Menschen, die versuchen, sich vor dem Untergang zu retten.

Das Unterschiedliche und damit Reizvolle an diesen Erzählungen ist jedoch die Art ihrer Darstellung, ihre Ideen, die ungeheure Vielfalt von Vorstellungen über Anlaß, Dauer, Verlauf und Ende der Flut.

Immer wieder hat es Wissenschaftler gereizt Theologen, Historiker, Philologen und Philosophen, sogar Astronomen, Metereologen, Geologen und Physiker - ihren Ursprung, ihren Wahrheitsgehalt, ihre Verflechtungen untereinander, ihre Unabhängigkeit voneinander zu ergründen.

Dieses Buch soll den vielen vorliegenden Arbeiten keine weitere wissenschaftliche hinzufügen. Die Sagen sollen nur durch sich selbst, ihren Inhalt, ihre Sprache wirken und erfreuen.

Trotzdem seien einige Gesichtspunkte, die früheren Bearbeitern und Sammlern von Sintflutsagen Gegenstand ihrer Untersuchungen waren, den Sagen selber vorangesetzt.

Manche individuellen Ergebnisse sind - berücksichtigt man insbesondere die zum Teil weite zeitliche Entfernung der damaligen Überlegungen zu unserem heutigen Wissen - so interessant, so frappierend, ja manchmal so grotesk, daß sie hier zumindest angedeutet werden sollen.

Bei der Beschäftigung mit den Flutsagen erhoben sich insbesondere folgende Fragen:
- sind die Erzählungen über die Große Flut Ausfluß eines geheimnisvoll-religiösen Gefühls, ruhen sie in der mythologischen Gedankenwelt der verschiedenen Völker oder
- beruhen sie auf Wahrheit, entstammen sie dem Wissen um wirklich stattgefundene Ereignisse?

Und wenn sie auf Wahrheit beruhen
- beziehen sich die Sagen auf örtliche Ereignisse oder
- liegt allen ein gemeinsames einmaliges Ereignis zugrunde?

Dort, wo mehr der mythologischen Denkweise der Vorzug gegeben wurde, suchte man die Erklärung für die Flut z.B. in der Verbindung mit Himmelserscheinungen - der untergehenden Sonne, dem verschwindenden und wieder erscheinenden Mond, dem Himmelsgewölbe.

Den blauen Himmelsraum hielt man bald für ein unendliches Meer, in welchem Sonne und Mond als Kähne gedacht wurden, bald symbolisierte er eine übermächtige Gewalt, eine Gottheit, die den Menschen mal segnete, mal strafte.

Vielfach erscheint die Große Flut als Ausdruck des recht eigenwilligen, willkürlichen Zorns einer aufgebrachten Gottheit über seine mißlungene Schöpfung, die er vernichtet, um besseres zu schaffen; oder sie ist seine Strafe gegenüber aufsässigen Geschöpfen, die sich nicht in der von ihm erwarteten Weise verhalten und die er in einer großen Flut ersäuft, um mit besseren Geschöpfen die Erde neu zu bevölkern.

In manchen Geschichten symbolisiert die Sintflut eine Episode im Kampf zweier - meist göttlicher – Mächte, in den die Menschheit nolens volens hineingezogen und zum Teil vernichtet wird.

Aber nicht nur Vernichtendes schicken die Götter, sondern zum Zeichen ihrer Versöhnung häufig auch den Regenbogen.

Wurden aber die Sintflutsagen mehr unter realistischen Gesichtspunkten betrachtet, gestand man ihnen also einen wahren Hintergrund zu, hatte man sich wiederum damit auseinanderzusetzen:

- basieren die Sintfluterzählungen auf Ereignissen rein lokalen Charakters, hervorgerufen durch örtliche katastrophale Ereignisse wie Erd- oder Seebeben, Zyklone und Taifune, Meereseinbrüche, sintflutartige Regenfälle, außergewöhnliche Eis- oder Schneeschmelzen oder
- war die Sintflut ein allumfassendes, (fast) die ganze Menschheit verschlingendes Ereignis?

Die 'lokale' Version hat schon immer mehr Anhänger gehabt und dürfte heute unumstritten sein; eine allumfassende Sintflut wird schon aus physikalischen Gründen abgelehnt: woher sollte das viele Wasser so plötzlich kommen - wohin sollte es wieder abfließen?

Man darf aber folgende Überlegung auch nicht außer Acht lassen: Wenn z.B. von der "die ganze Erde bedeckenden Flut" der Bibel die Rede ist, dann stimmt es durchaus, daß diese Flut die ganze - den damals und dort Lebenden – bekannte Erde bedeckte! Und in diesem Sinne sind die meisten die 'gesamte Erde' umfassenden Fluten zu deuten.

Darüber hinaus gibt es aber mehrere Deutungen, die von einer wirklichen allgemeinen Flut, also einer - auch im heutigen Sinne - die ganze Erde bedeckenden Flut sprechen.

Einer dieser – bereits von der damaligen Fachwelt nicht akzeptierten, aber recht interessanten - Deutungsversuche z.B. baut auf einem geologischen Ereignis auf: Der Ausbruch eines Meeres, das einst die mongolische Wüste bedeckt haben soll, wurde für die Sintflut gehalten. Bei dem Bruch eines Höhenzuges zwischen dem Altai- und dem Tienschangebirge -der Dschungarischen Lücke - sei das Wasser nach Westen abgeflossen und habe seinen Weg über den Balkasch-See (= Baikal-See), Aral-See, das Kaspische Meer, Schwarze Meer, Mittelmeer zum Atlantik genommen. Sogar eine genaue Zeitangabe für die Sintflut ist angegeben, nämlich das Jahr 2297 vor Chr.[1]

Eine weitere Theorie, die Welteislehre Hans Hörbigers, (1860 - 1931), die bereits zu seiner Zeit auf Grund ihrer vielen Widersprüche abgelehnt wurde, sollte ebenfalls einen Beweis für die Allgemeinheit der Sintflut abgeben.

Hierüber heißt es: "Die gegenwärtig in einzelnen Aufsätzen, in Broschüren und umfangreichen Büchern häufig behandelte Welteislehre wird zwar sowohl von der Astronomie wie von der Geologie und Metereologie durchweg abgelehnt, da ihre Grundlagen nicht haltbar sind und ihre Folgerungen den Beobachtun-

---

1) Schwarz, von "Sintflut und Völkerwanderung" Stuttgart 1894, S. 432

gen widersprechen, aber ihre häufige Erwähnung und die Tatsache, daß sie sich sehr eingehend mit der Sintflut befaßt, machen es notwendig, auch diesen Erklärungsversuch hier zu besprechen.

Die Lehre setzt voraus, was nicht bewiesen werden kann, daß das Wasser in Gestalt von Eis eine bisher unbekannte große Rolle spielt. Die Planeten sollen zum größten Teil aus Wasser und Eis bestehen, so auch unser Mond, der nur in der Mitte einen erdigen Kern besitzen soll. Ferner bedarf die Lehre der Annahme eines der Bewegung der Planeten Widerstand leistenden Mediums, das die Körper im Laufe der Zeit in ihrer Bewegung hemmt, so daß ihre Bahnen einschrumpfen.

Dies soll auch unseren Mond betreffen und seine Vorgänger, deren die Erde mehrere gehabt haben soll. Als der letzte, der auch zum größten Teil aus Eis bestand, sich der Erde genügend genähert hatte, bewirkte er hier zunächst eine gewaltige Flutwelle um die Erde herum, dann eine Aufstauung der Wassermassen in der Äquatorgegend, zuletzt ein langsames Herüberströmen von Mondmaterie zur Erde. Als der Mond fast ganz aufgelöst war und so seine Anziehungskraft nicht mehr ausreichte, die Wassermassen zu halten, strömten diese nach den Polen ab, und dieser allgemeine Abfluß riesiger Wassermassen war die Sintflut, eine allgemeine und gleichzeitige Flut.

Wenn der jetzige Erdmond der Erde hinreichend nahegekommen sein wird, dann wird sich die nächste Sintflut ereignen." [2]

---

2) Riem, J. "Die Sintflut in Sage und Wissenschaft", Hamburg 1925, S. 172

Das vorliegende Buch will den Leser durch eine begrenzte Auswahl von Sintflutsagen mit der Existenz auch anderer als der biblischen Überlieferung bekanntmachen. Diese ist nämlich nicht nur nicht die einzige Sintfluterzählung, auch nicht die älteste, sie ist nicht einmal eigenständig, sondern vielmehr dem Gedankengut der Sumerer entlehnt. Eine der vielen Gilgamesch-Bearbeitungen des Zweistromlandes hat der biblischen Geschichte als Vorlage gedient.

Das Buch will gleichzeitig aber auch die Entstehungsgebiete der Erzählungen, ihre Deutungen, ihre im jeweils relativ engen Kulturkreis verhaftete Vorstellungswelt und ihre weltumspannende Macht aufzeigen.

Lassen Sie sich gefangennehmen von den einfachen und mächtigen, von den naiv glaubenden und kritischen Texten der Sagen, die das ewig wahre, das einmalige, das vielfältige Thema der Großen Flut beinhalten!

Ein vorchristliches Werk der
Vedaliteratur berichtet aus
dem indischen Kulturkreis
die Sage von dem frommen
König Manu und dem Gotte
Vischnu.

Als am Schlusse des letzten Kalpa - das ist des großen Weltzeitalters des Brahma - der Riese Hajagriva
die heiligen Vedas gestohlen und so das Menschengeschlecht die Lehre und Ordnung Gottes verloren
hatte, kam Vischnu in Fischgestalt, um die Vedas und
die tugendhaften Menschen zu erhalten, auf die Erde.
Damals lebte ein frommer und tugendhafter König
namens Manu Satjavrata. Diesen liebte der Herr des
Weltalls und wollte ihn vor der Flut des Verderben, die
durch die Verdorbenheit des Zeitalters verursacht sei,
gern erretten.

1. Am Morgen brachten sie dem Manu Wasser, wie
   man es noch jetzt zum Waschen der Hände
   bringt. Während er sich wusch, kam ihm ein Fisch
   in die Hände.

2. Der sprach zu ihm das Wort: Halte mich, und ich
   will dich retten. Manu sagte: Wovor willst du mich
   retten? Der Fisch sagt: Eine Flut wird alle Geschöpfe fortführen und ich werde dich vor ihr retten. Manu sagte: Wie kann ich dich halten?

3. Der Fisch sagte: So lange wir klein sind, gibt es
   für uns vielfache Vernichtung, denn der Fisch frißt
   den Fisch. Halte mich darum zuerst in einem
   Topf. Wenn ich den auswachse, grabe ein Loch
   und halte mich darin. Wenn ich das auswachse,
   schaffe mich ins Meer: Ich werde dann der Vernichtung entrückt sein.

4. Er wurde bald ein Großfisch, denn ein solcher Fisch wird sehr groß. Er sprach: In dem und dem Jahre wird die Flut kommen. Wenn du also ein Schiff gebaut hast, sollst du mein gedenken. Und wenn die Flut gestiegen ist, sollst du in das Schiff treten, und ich werde dich vor ihr beschirmen.

5. Nachdem Manu ihn so gehalten hatte, trug er ihn in das Meer. In demselben Jahr aber, welches der Fisch vorausgesagt hatte, erbaute Manu ein Schiff und gedachte seiner. Und als die Flut gestiegen war, trat er in das Schiff. Daraufhin schwamm der Fisch zu Manu hin, und er band ihm das Tau des Schiffes an das Horn, und er eilte damit nach dem nördlichen Gebirge hin.

6. Der Fisch sprach: Ich habe dich gerettet. Binde nun das Schiff an einen Baum. Möge dich das Wasser nicht abschneiden, während du auf dem Berge bist. So wie das Wasser sinkt, gehe du langsam mit ihm hinab. Er aber nun glitt langsam mit dem Wasser hinab; darum heißt diese Stelle auf dem nördlichen Gebirge ‚Manus Niedergang'. Es hatte aber die Flut alle diese Geschöpfe fortgeführt, und Manu war allein übrig.

7. Er nun wandelte umher, lobsingend und sich mühend, Nachkommen begehrend. Und er opferte dort auch sein Pakaopfer. Er goß geklärte Butter, dicke Milch, Molke und Quark als Opfergabe in das Wasser. Daraus erhob sich in einem Jahr ein Weib. Und sie stieg triefend herauf und geklärte Butter träufelte auf ihren Spuren. Ihr begegneten Mitra und Varuna.

8. Sie sprachen zu ihr: Wer bist du? Sie sagte: Die Tochter Manus. Sie sprachen: Sage du bist unser. Sie sagte: Nein, sondern welcher mich gezeugt

hat, dessen bin ich. Sie wünschten aber einen Anteil an ihr und sie sagte nicht ja und nicht nein und ging davon; da begegnete sie dem Manu.

9. Manu sprach zu ihr: Wer bist du? Sie sagte: Deine Tochter. Er sprach: Wie, o Herrliche, bist du meine Tochter? Sie sagte: Jene Opfergaben, welche du ins Wasser gegossen hast, geklärte Butter, dicke Milch, Molke und Quark, aus diesen hast du mich gezeugt. Ich bin ein Segensspruch, vollziehe (mich) diesen Segensspruch bei den Opfern. Wenn du (mich) ihn beim Opfer vollziehst, wirst du reich sein an Nachkommenschaft und Vieh. Und welchen Segen du nur durch mich wünschen wirst, der wird dir immer zuteil werden. Darum vollzog er jenen Segenspruch in der Mitte des Opfers.

10. Dann wandelte Manu mit ihr umher, lobsingend und sich mühend, Nachkommen begehrend. Und mit ihr erzeugte er jenes Geschlecht, welches das Geschlecht Manus heißt."

In Nordamerika unter den Indianern sind Sintflutsagen weit verbreitet. Eine Zentralstellung in ihren Erzählungen nimmt Coyote, mal ein guter, mal ein böser Gott oder Halbgott ein. Die Geschichte eines Hoka-Stammes an der Küste Nordkaliforniens lautet:

Coyote lebte seinerzeit im Binnenlande. Er war der Häuptling und Vater der Menschen. Niemand weiß, woher er kam. Aus irgendeiner Ursache erhob sich eine Flut und bedeckte das ganze Land, ausgenommen die Spitzen der höchsten Berge.

Einige meinen, die Flut wäre gekommen, um ein großes Feuer zu löschen, das in der Welt raste. Andere sagen, sie wäre gemacht worden, um die Welt zu reinigen.

Viele Menschen und Tiere wurden ertränkt. Einige flohen auf die hohen Berge, aber die Flut stieg so schnell, daß sie überholt wurden. Einige erreichten die Bergspitzen und wurden gerettet. Andere trieben umher auf Holzstämmen.

Noch niemand konnte damals Kanoes machen. Nur Coyote machte sich ein Kanoe aus Pferdehaar oder Gras. Er und einige seiner Freunde schifften sich ein und trieben viele Tage umher und trafen zuletzt einen Berg südlich vom Thompson-River.

Nun ging die Flut sehr schnell zurück. Coyote verließ den Fluß und nahm dort für einige Zeit seinen Aufenthalt. Nachdem er sein Boot verlassen hatte, verwandelte er es in Stein. Diesen kann man noch jetzt sehen nahe der Spitze des Berges; er ist ungefähr 30 Fuß lang und die Gestalten von drei Personen sind darin. Man sagt, daß einige davon jetzt verschwunden wären.

Die Wassermarken dieser Flut kann man an einigen Stellen des Gebirges sehen. Infolge der Flut werden Gewässer und Fische noch jetzt überall in den Bergen gefunden. Vor der Flut war das Land trocken und es gab keine Seen über der Höhe der niedrigen Täler.

Diejenigen, die die Flut überlebt haben, sind die Vorfahren der verschiedenen Stämme. Einige der Leute aus Coyotes Kanoe ließen sich hier und da nieder, in Lytton, in Nicola und anderen Orten.

Die Geschichte der Ojibwä-Indianer vom Stamme der Algongin, die am Oberen See ihren Wohnsitz haben, hat folgenden Inhalt:

Menaboschu, ein Halbgott, war mit den Wölfen befreundet, und ein kleiner Wolf, mit dem er auf die Jagd ging, war sein besonderer Liebling. Diesen warnte er, ja nicht das Eis eines Sees zu betreten, in dem der Schlangenkönig hause, Menaboschus ärgster Feind. Hierdurch neugierig gemacht, ging der kleine Wolf nach einigem Zögern doch auf die Eisdecke jenes Sees, kam bis zur Mitte, brach hier ein und ertrank. Vergeblich wartete Menaboschu auf seinen kleinen Freund Wolf, er kam und kam nicht. Da jammerte und klagte er laut um ihn und verlebte den Rest des Winters in Traurigkeit. Aber er wußte wohl, wer seinen kleinen Bruder getötet hatte: der Schlangenkönig, dem er aber im Winter nichts anhaben konnte. Als der Frühling gekommen war, ging Menaboschu an den See, wo er die Fußspuren des kleinen Wolfs entdeckte und nun wieder laut klagte. Das hörte der Schlangenkönig, der mit seinem gehörnten Haupte aus dem Wasser emportauchte.

"Jetzt sollst du deine Missetat büßen" dachte Menaboschu, und verwandelte sich in einen Baumklotz, der am Rande des Sees lag. Der Schlangenkönig und alle Schlangen wurden stutzig über den Klotz, den sie vorher am Ufer nicht gesehen hatten, und witterten Böses dahinter; eine zwanzig Ellen lange Schlange wand ihren Körper darum und preßte und zwängte den Klotz, um zu sehen, ob etwas Lebendiges darin sei, aber wiewohl dem Menaboschu alle Glieder knackten, hielt er doch aus und gab keinen Laut von sich. Das beruhigte die Schlangen, und sie legten sich nun alle am Strande zum Schlafen nieder.

Menaboschu kroch nun aus seinem Klotze hervor und erschoß den Schlangenkönig und drei seiner Söhne. Die übrigen Schlangen aber entschlüpften klagend in den See, machten einen argen Lärm und verstreuten den Inhalt ihrer Medizinsäcke (Zauberbeutel) am Ufer und ringsumher im Walde.

Da fing das Wasser in trüben Wirbeln an zu kreisen und zu schwellen. Der Himmel bedeckte sich mit Wolken, und heftige Ströme von Regen schossen aus der Höhe herab. Die ganze Umgegend, die halbe Erde wurde überschwemmt; am Ende die ganze weite Welt.

Der arme Menaboschu war, bis in den Tod erschreckt, geflohen. Er hüpfte von einem Berge zum anderen, wie ein scheues Eichhorn, und wußte sich nirgends zu lassen. Denn die schwellenden Fluten folgten ihm überall hin. Endlich entdeckte er einen sehr hohen Berg, auf den er sich rettete. Aber auch dieser Berg wurde bald überflutet. Auf seinem äußersten Gipfel stand ein hundert Ellen hoher Tannenbaum und an diesem stieg nun Menaboschu empor. Er kam bis in die letzte Spitze, das Wasser ihm immer nach; es reichte ihm schon bis an den Gürtel, bis über die Schultern, bis an den Mund.

Da plötzlich stand es still, entweder weil die Schlangen ihre Zaubermittel und Hilfsquellen erschöpft hatten, oder weil sie dachten, es sei nun genug und Menaboschu könnte ihnen nirgends mehr entwischt sein. Allein Menaboschu, so ungemächlich seine Lage sein mochte, hielt aus und stand fünf Tage und Nächte auf seiner Tanne, zerbrach sich aber vergebens den Kopf darüber, wie er sich forthelfen sollte.

Endlich am sechsten Tage sah er einen einsamen Vogel - es war ein Loon - auf dem Wasser schwimmen. Er rief ihn zu sich und sprach zu ihm: "Bruder Loon, du geschickter Taucher, tu mir den Gefallen und tauche einmal in die Tiefe und sieh nach, ob du die Erde, ohne die ich nicht leben kann, noch zu finden vermagst, oder ob sie gänzlich ersäuft ist."

Der Loon tat das. Er tauchte mehrere Male hinab. Aber er konnte nicht tief genug hinabgelangen und kam wieder unverrichteter Dinge hervor, indem er die Trauerbotschaft brachte, die Erde sei nicht zu finden. Menaboschu wäre beinahe verzweifelt.

Da sah er am folgenden Tage den erstarrten Körper einer Moschusratte von den Wellen zu sich herangetrieben. Er haschte sie, und indem er sie warm anblies, brachte er sie wieder zum Leben. Dann sprach er zu ihr: "Brüderchen Ratte, wir können beide ohne Erde nicht leben. Tauche hinab ins Wasser und bringe mir, wenn du kannst, etwas Erde herauf, wenn es auch nur drei Sandkörner sind, ich werde schon etwas daraus machen können." Das gefällige Tier tauchte sogleich hinab und kam nach langer Zeit wieder zum Vorschein. Aber es war tot und schwamm auf dem Wasser.

Menaboschu fing den Körper auf und entdeckte in dem einen Pfötchen ein paar Sandkörner. Er nahm sie, trocknete sie in seiner Hand an der Sonne und blies sie dann weg übers Wasser, und wo sie hinfielen, da schwammen sie und wuchsen und vergrößerten sich entweder infolge innerer Kraft des Erdreichs oder durch Menaboschus Zauberatem. Es entstanden erst kleine Inseln, die schnell zu größeren aneinander wuchsen. Endlich konnte Menaboschu von seinem unbequemen Baumsitze auf eine der Inseln herabspringen. Er schiffte auf ihr wie auf einem Floße umher, half den anderen Inseln zusammenwachsen, und es wurden am Ende große Länder daraus.

Die Algonkin besaßen Über-
lieferungen von der Schöpfung, der Flut und von ihren
früheren Wanderungen, die
in indianischer Bilderschrift
niedergeschrieben waren.
Die Übersetzung der Pik-
tographie lautet:

1. Es Ist lange her, da kam die mächtige Schlange
(Maskanako), als die Menschen schlecht geworden waren.

2. Die starke Schlange war der Feind der Geschöpfe und sie wurden verwirrt und haßten sich untereinander.

3. Dann kämpften sie und vernichteten sich untereinander und hielten keinen Frieden.

4. Und die kleinen Menschen (Mattapewi) kämpften
mit dem Hüter der Toten (Nihanlowit)

5. Da beschloß die starke Schlange, sogleich alle
Menschen und Geschöpfe zu zerstören.

6. Sie brachte die schwarze Schlange und Unge-
heuer und rauschende Gewässer.

7. Die rauschenden Gewässer breiteten sich aus
über die Berge, überall hin, alles zerstörend.

8. Auf dem Schildkröteneiland (Tula) war Manabozho, der Großvater von Menschen und Geschöpfen.

9. Kriechend geboren, kann er auf Schildkröteneiland sich bewegen und wohnen.

10. Die Menschen und Geschöpfe fluten auf den Wassern umher und suchen überall nach dem Rücken der Schildkröte (Tulapin).

11. Der Seeungeheuer waren viele und sie zerstörten viele (der Menschen).

12. Dann half ihnen die Tochter eines Geistes in ein Boot und alle vereinigt riefen: Kommt, helft!

13. Manabozho, der Großvater aller Geschöpfe, der Menschen und Schildkröten.

14. Alle zusammen, auf der Schildkröte dort, die Menschen dort, alle waren zusammen.

15. Sehr erschreckt bat Manabozho die Schildkröte, daß er alle wieder herstellen wolle.

16. Dann verliefen sich die Wasser, es ward trocken auf Berg und Ebene und der große Böse ging anderswo hin auf dem Höhlenpfade.

Sintflutbericht der Algonkins nach Squier

Der Bericht des Chaldäers
Berossus aus der Zeit um
300 vor Christus fußt auf
babylonischen Quellen.

Nach dem Tod des Königs Ardates regierte sein Sohn
Xisuthros, der zehnte König der Babylonier 18 Saren
(18 x 3600 Jahre). Unter ihm trat eine große Flut ein.

Kronos erschien dem Xisuthros im Traum und verkündete ihm, daß am 15ten des Monats Daisios die
Menschen durch eine Flut zugrunde gehen würden.
Er befahl ihm, alle heiligen Schriften, Anfang, Mitte
und Ende, in die Sonnenstadt Sippara zu bringen und
dort zu vergraben, dann ein Schiff zu bauen und es
mit seinen Verwandten und nächsten Freunden zu
besteigen, Speise und Trank mitzunehmen, auch Tiere, geflügelte und vierfüßige, hineinzutun und alles zur
Fahrt wohl vorzubereiten.

Als Xisuthros fragte, wohin seine Fahrt gehen würde,
antwortete Kronos: zu den Göttern, um den Menschen günstiges Geschick zu erflehen. Jener gehorchte und baute ein Schiff, fünfzehn Stadien lang
und zwei Stadien breit, brachte alles, was ihm gebo-
ten war, zusammen und ließ Weiber und Kinder und
die nächsten Freunde einsteigen.

Nun kam die Flut, und gleich nach ihrem Aufhören
ließ Xisuthros einen der Vögel fliegen; dieser aber,
der keine Nahrung und keinen Ort zum Sitzen fand,
kehrte in das Fahrzeug zurück. Xisuthros entsandte
nach einigen Tagen von neuem die Vögel; sie kamen
zum Schiff zurück mit lehmbedeckten Füßen, die a-
ber, die er zum dritten Male hinausließ, kamen nicht
zurück.

Da merkte Xisuthros, daß die Erde wieder sichtbar sei: er öffnete einen Teil vom Dach des Schiffes, und als er sah, daß das Schiff an einem Berg aufgelaufen war, stieg er aus mit seinem Weibe, seiner Tochter und dem Steuermann, und nachdem er die Erde geküßt, einen Altar errichtet und den Göttern geopfert hatte, wurden er und die mit ihm Ausgestiegenen unsichtbar.

Die im Schiff Zurückgebliebenen stiegen aus, als Xisuthros und seine Begleiter nicht wieder kamen und suchten ihn, indem sie ihn beim Namen riefen. Xisuthros aber ward von ihnen nicht wieder gesehen, doch kam eine Stimme aus der Luft, welche ihnen gebot, gottesfürchtig zu sein, denn auch er gehe wegen seiner Frömmigkeit zu den Göttern, um mit ihnen zu wohnen; an dieser Ehre habe auch sein Weib, seine Tochter und der Steuermann Anteil.

Er sagte ihnen, daß sie wieder nach Babylon gehen, und wie es ihnen von den Göttern bestimmt sei, die Schriften in Sippara hervorzuholen und unter den Menschen verbreiten sollten; und daß das Land, wo sie sich befänden, Armenien sei.

Nachdem sie dies gehört, opferten sie den Göttern und gingen zu Fuß nach Babylon. Von dem in Armenien gelandeten Schiff ist noch ein Teil im Kordyana-Gebirge Armeniens übrig; man gewinnt von diesen Trümmern Erdpech zu Heilzwecken. Sie aber kamen nach Babylon, gruben die Schriften zu Sippara aus, und erbauten, während sie auch sonst Städte und Tempel gründeten, Babylon von neuem.

Aus dem europäischen Raum sind verhältnismäßig wenig Berichte bekannt. Die Sage der Zeltzigeuner Siebenbürgens lautet:

Es gab eine Zeit, wo die Menschen ewig lebten und kein Kummer, keine Krankheit sie quälte. Fleisch, Früchte waren im Überfluß vorhanden, in den Flüssen floß Milch und Wein, Menschen und Tiere lebten glücklich und ohne Furcht vor dem Tode.

Da geschah es einmal, daß ein alter Mann ins Land kam und bei einem Mann Nachtquartier begehrte. Er schlief in der Hütte und wurde von der Frau des Mannes gut bewirtet. Als am nächsten Tag der Mann weiter zog, gab er dem Wirte in einem kleinen Gefäß einen kleinen Fisch und sagte: "Bewahret diesen Fisch und verzehret ihn nicht! Wenn ich nach neun Tagen zurückkehre und ihr den Fisch zurückgebt, so will ich euch belohnen". Darauf zog er von dannen.

Die Frau des Hauses besah sich das Fischlein und sprach zu ihrem Gatten: "Lieber Mann! Wie wäre es, wenn wir den Fisch braten würden"? Der Mann sprach: "Ich habe es dem Alten versprochen, ihm das Fischlein zurückzugeben! Du mußt mir auch schwören, das Fischlein zu schonen und es zu bewahren, bis der Alte zurückkehrt!" Die Frau schwur und sagte: "Ich werde das Fischlein nicht töten, ich werde es bewahren, so Gott mir helfen soll."

Zwei Tage vergingen, da dachte die Frau, wie mag das Fischlein wohl schmecken? Es muß einen herrlichen Geschmack haben, da es der Alte so hoch schätzt und es nicht braten läßt, sondern mit sich in der Welt herumschleppt. - So dachte sie lange hin und her, bis sie endlich das Fischlein aus dem Gefäße herausnahm und auf die Kohlen warf, doch kaum hatte sie das getan, da fuhr der erste Blitz auf die Erde und erschlug die Frau.

Es begann darauf zu regnen, die Flüsse stiegen aus ihrem Bette und überschwemmten das ganze Land. Am neunten Tage erschien der alte Mann bei seinem Wirte und sagte: "Du hast deinen Schwur gehalten und das Fischlein nicht getötet. Nimm dir ein Weib, versammle deine Verwandten und baue dir einen Kahn, in dem ihr euch retten sollt. Alle Wesen und alle Menschen sollen jetzt im Wasser untergehen, und ihr sollt am Leben bleiben. Nimm dir auch Tiere und Samen von den Bäumen und Kräuter, damit ihr später die Erde wieder bevölkern könnt." Darauf verschwand der Alte, der Mann tat so, wie ihm befohlen war.

Ein Jahr lang regnete es, und man sah nichts als Wasser und Himmel. Nach einem Jahr floß das Wasser ab und der Mann stieg mit seinem zweiten Weibe und seinen Verwandten nebst den Tieren ans Land. Sie mußten nun arbeiten, bauen und säen, um leben zu können. Mühe und Qual war von nun an ihr Leben; dazu kamen auch noch Krankheit und Tod, so daß sie sich nur langsam vermehrten, und viele, viele tausend Jahre sind seitdem verflossen, bis die Leute wieder so zahlreich waren, wie sie erst gewesen und noch gegenwärtig sind.

Die babylonische Sage von
Utnapischtim aus dem Gil-
gamesch-Epos fußt auf ei-
nem keilinschriftlichen Bericht und behandelt die
Ur-Sintflut des Zweistromlandes

Gilgamesch sprach zu ihm, zum fernen Utnapischtim:
"Schau ich auf dich, Utnapischtim,
So sind deine Maße nicht anders - wie ich bist du,
Ja, du bist nicht anders - wie ich bist du!
Mein Herz Ist ganz darauf gerichtet, mit dir zu
      kämpfen,
Und doch ist mein Arm untätig gegen dich!
Daher sage mir: wie tratst du in die Schar der Götter
      und gingst dem Leben nach?"
Utnapischtim sprach zu ihm zu Gilgamesch:
„Ein Verborgenes, Gilgamesch, will ich dir eröffnen,
Und der Götter Geheimnis will ich dir sagen:
Schurripak - eine Stadt, die du kennst,
Die am Ufer des Euphrats liegt[1] - ,
Diese Stadt war schon alt und die Götter darinnen[2]
Eine Sintflut zu machen, entbrannte das Herz den
      großen Göttern:
Miteinander berieten sich ihr Vater Anu,
Enlil, der Held, der sie berät,
Ihr Minister Ninurta, ihr Deichgraf Ennugi,
Ninschiku-Ea hatte mit unter ihnen gesessen;
Ihre Rede gab einem Rohrhaus er wieder:

---

1) Etwa 30 Kilometer nordwestlich von Uruk
2) 241200 Jahre vor der Sintflut war nach babylonischem Glauben
   das Königtum vom Himmel herabgestiegen. Zuerst befand es
   sich in Eridu im südlichsten Babylonien, dann nacheinander in
   den alten Städten Badtibiro. Larak, Sippar und Schurippak.
   Meinten die Babylonier, daß dort, wo das Königtum war, auch
   die Götter wohnten? Dann könnte der zweite Teil der Zeile
   bedeuten: "Zur Zeit, als die Götter in Schurripak waren", d.h.
   "zur Zeit des letzten Königsreichs vor der Sintflut".

'Rohrhaus, Rohrhaus! Wand, Wand!

Rohrhaus, höre, Wand, begreife

Mann von Schurripak, Sohn Ubar-Tutus[3]

Reiß ab das Haus, erbau ein Schiff,

Laß fahren Reichtum, dem Leben jag nach!

Besitz gib auf, der Seele erhalte das Leben!

Heb hinein allerlei beseelten Samen ins Schiff!

Das Schiff, welches du erbauen sollst -

Dessen Maße sollen abgemessen sein,

Gleichgemessen seien ihm Breite und Länge;

Du sollst es wie das Apsu[4] bedachen.'

Da ich's verstanden, sprach ich zu Ea, meinem Herrn:

'Das Geheiß, Herr, das du mir gegeben,

Ich achtete wohl darauf und werde danach tun.

Wie antwort ich aber der Stadt, der Bürgerschaft und den Ältesten?'

Ea tat zum Reden den Mund auf

Und sprach zu mir, seinem Knecht:

'Du Mann, zu ihnen sollst also du reden:

Mir scheint, daß Enlil nichts mehr von mir wissen will;

Da darf ich in eurer Stadt nicht mehr wohnen,

Darf auf Enlils Boden meine Füße nimmer setzen.

So will ich steigen hinab zum Apsu.

Dann wohn ich bei meinem Herren Ea.

Auf euch aber läßt er dann Überfluß regnen,

Sammlung der Vögel, auch Bergung der Fische!

---

3) Die Babylonier hielten Ubar-Tutu für den einzigen König von Schurripak. Nach ihrer Überlieferung herrschte er 18600 Jahre.

4) Apsu ist nach babylonischer Vorstellung das gewaltige Behältnis, aus dem alles Süßwasser in die Welt rinnt. Es entspricht dem Grundwasserhorizont nach moderner Anschauung. Ebenso heißen Nachbildungen des Welt-Apsu für den Gebrauch der Tempel. Solche Apsu scheinen, wie die Arche des Utnapischtim, würfelförmig gewesen zu sein.

Schenken wird er euch Reichtum und Ernte.
Am Morgen wird er Linsen
Am Abend auf euch einen Weizenregen
  niedergehen lassen[5]

Kaum daß ein Schimmer des Morgens graute,
Versammelt zu mir sich das Land.
Der Zimmermann brachte die Holzpfosten,
Der Bootsbauer brachte die Klammern.
..... die Männer .....
..... das Geheimnis.
Das Kind trug herzu das Erdpech,
Der Starke ..... brachte den Bedarf heran.

Am fünften Tag entwarf ich des Schiffes Außenbau;
Ein 'Feld'[6] groß war seine Bodenfläche,
Je zehnmal zwölf Ellen hoch seine Wände
Zehnmal zwölf Ellen ins Geviert der Rand seiner
  Decke[7]

Ich entwarf seinen Aufriß und stellte es dar:
Sechs Böden zog ich ihm ein,
In sieben Geschosse teilt' ich es ein.

Seinen Grundriß teilte ich neunfach ein[8],
Wasserpflöcke[9] schlug ich ihm ein in der Mitte.
Für Schiffsstangen sorgt' ich, legte nieder den Bedarf:

---

5) Dieses scheinbar besonders günstige Vorzeichen soll die
  Menschen irreführen, damit sie der Katastrophe nicht entrinnen.
6) Ein Flächenmaß, 14400 Geviertellen
7) Das Schiff bildete also einen Würfel
8) D.h. gewiß, daß jedes der sieben Geschosse neun (wohl drei
  mal drei) Räume barg: so hatte die Arche 63 Kammern von je
  (120/7 =) rd. 17 Ellen Höhe und (40^2 =) 1600 Geviertellen
  Bodenfläche. Für die Umrechnung in unsere Maße ist wohl die
  Gleichung 1 Elle = rd. 50 cm zu benutzen. Dann besitzt die
  Arche eine Seitenlänge von 60 m und einen Rauminhalt von
  216.000 m^3, davon faßt jeder Einzelraum 1/63 = rd. 3.430 m^3
9) Um das Kentern zu verhindern?

Sechs[10] Saren[11] Erdpech goß für den Ofen ich dar,
Drei Saren Pech tat ich hinein;
Drei Saren Korbträgersleute waren es, die das Öl
trugen:
Außer einem Sar Öl, das das Backmehl verbrauchte,
Zwei Saren Öl, die der Schiffer speicherte.

Rinder schlachtete ich für den Proviant,
Schafe tötete ich alltäglich:
Most, Feinbier, Öl und Wein,
Dazu Suppen tranken sie, als ob's Flußwasser wäre.
Daß sie ein Fest begingen als wie am Neujahrstag!

Das Schiff war fertig am siebenten Tag bei Sonnen-
untergang.
Schwierig war .....
Die Planken mußten sie berechnen oben und unten,
Bis das Schiff zu zwei Dritteln im Wasser schwamm.

Was immer ich hatte, lud ich darein:
Was immer ich hatte, lud ich darein an Silber,
Was immer ich hatte, lud ich darein an Gold,
Was immer ich hatte, lud ich darein an allerlei
Lebenssamen:
Steigen ließ ich ins Schiff all mein Geschlecht und
Sippe
Wild des Feldes, Getier des Feldes,
Alle die Meistersöhne hab ich hineinsteigen lassen.
Die Frist hatte Schamasch mir so angesetzt:
‚Am Morgen werde ich Linsen, am Abend
einen Weizenregen niedergehen
lassen.

---

10) Lesart: "drei"
11) 1 Sar = 3600; die Maßbenennung ist weggelassen, ebenso wie
in den letzten Zeilen der elften Tafel. Es ist nicht ganz
unmöglich, daß als Maßeinheit das Sutu (= rd. 5 l) einzusetzen
ist. Man käme dann auf 540 hl Pech und 1080 l Erdpech. Zu
den angenommenen Maßen der Arche könnte diese Menge
Verpichungsmaterial ungefähr passen.

Dann tritt hinein ins Schiff und verschließ
dein Tor!'
Diese Frist kam herbei:
Am Morgen gingen Linsen nieder, am Abend
ein Weizenregen.
Des Wetters Aussehn betrachtete ich –
Das Wetter war fürchterlich anzusehn.
Ich trat hinein ins Schiff und verschloß mein
Tor.
Dem Schiffer Pusur-Amurri, dem Verpicher des
Schiffes,
Übergab den Palast[12] ich samt seiner Habe.

Kaum daß ein Schimmer des Morgens graute,
Stieg schon auf von der Himmelsgründung schwarzes
Gewölk.
In ihm drin donnert Adad[13]
Vor ihm her ziehen Schullat[14] und Chanisch[14]
Über Berg und Land als Herolde ziehen sie.
Eragal[15] reißt den Schiffspfahl[16] heraus,
Ninurta geht, läßt das Wasserbecken ausströmen,
Die Anunnaki hoben Fackeln empor,
Mit ihrem grausen Glanz das Land zu entflammen.
Die Himmel überfiel wegen Adad Beklommenheit,
Jegliches Helle in Düster verwandelnd;
Das Land, das weite, zerbrach wie ein Topf.

Einen Tag lang wehte der Südsturm ....
Eilte dreinzublasen, die Berge ins Wasser zu tauchen,
Wie ein Kampf zu überkommen die Menschen.
Nicht sieht einer den andern,
Nicht sind die Menschen erkennbar im Himmel.

---

12) Auch dieses scheinbar so großzügige Geschenk sollte die
Bürger von Schurripak irreführen.
13) Der Wettergott
14) Götterherolde
15) Ein Unterweltsgott
16) Das Weltenruder?

Vor dieser Sintflut erschraken die Götter,
Sie entwichen hinauf zum Himmel des Anu -
Die Götter kauern wie Hunde, sie lagern draußen!
Es schreit Ischtar wie eine Gebärende,
Es jammert die Herrin der Götter, die schönstimmige:
  'Wäre doch jener Tag zu Lehm geworden[17],
    Da ich in der Schar der Götter Schlimmes
      geboten!
  Wie konnte in der Schar der Götter ich
      Schlimmes gebieten,
  Den Kampf zur Vernichtung meiner
      Menschen gebieten!
  Erst gebäre ich meine lieben Menschen,
    Dann erfüllen sie wie Fischbrut das Meer!'
Die Anunnaki-Götter klagen mit ihr,
Die Götter ..... sitzen in Klagen,
Mit verdorrten Lippen .....

Sechs Tage und sieben Nächte
Geht weiter der Wind, die Sintflut,
Ebnet der Südsturm das Land ein.
Wie nun der siebente Tag herbeikam,
Schlug nieder der Südsturm die Sintflut, den Kampf,
Nachdem wie eine Gebärende sie um sich geschla-
      gen.
Ruhig und still ward das Meer,
Der Orkan war aus und die Sintflut.
Nach dem Festland hielt ich Ausschau: Schweigen
      ringsum,
Und das Menschengeschlecht ganz zu Erde gewor-
      den!
Gleichmäßig war wie ein Dach[18] die Aue.
Da tat ich eine Luke auf, Sonnenglut fiel aufs Antlitz
      mir;

---

17) Das heißt, wäre er doch nie gewesen.
18) Gemeint ist das flache Dach, wie es noch im heutigen
    Zweistromland die Lehmhäuser deckt.

Da kniete ich nieder, am Boden weinend,
Über mein Antlitz flossen die Tränen. –

Nach Ufern hielt ich Ausschau in des Meeres Bereich:
Auf zwölfmal zwölf Ellen stieg auf eine Insel,
Zum Berg Nißir[19] trieb heran das Schiff.

Der Berg Nißir erfaßte das Schiff und ließ es nicht
      wanken;
Einen Tag, einen zweiten Tag erfaßte der Berg Nißir
      das Schiff und ließ es nicht wanken
Einen dritten Tag, einen vierten Tag erfaßte der Berg
      Nißir das Schiff und ließ es nicht wanken
Einen fünften und sechsten (Tag???) erfaßte der Berg
      Nißir das Schiff und ließ es nicht wanken.

Wie nun der siebente Tag herbeikam,
Ließ ich eine Taube hinaus;
Die Taube machte sich fort - und kam wieder;
Kein Ruheplatz fiel ihr ins Auge, da kehrte sie um. -
Eine Schwalbe ließ ich hinaus;
Die Schwalbe machte sich fort - und kam wieder:
Kein Ruheplatz fiel ihr ins Auge, da kehrte sie um. -

Einen Raben ließ ich hinaus;
Auch der Rabe machte sich fort; da er sah, wie das
      Wasser sich verlief,
Fraß er, scharrte, wippte - und kehrte nicht um.
Da ließ ich hinausgehen[20] nach den vier Winden;
Ich brachte ein Opfer dar,
Ein Schüttopfer spendete ich auf dem Gipfel des
      Berges:
Sieben und abermals sieben Räuchergefäße stellte
      ich hin,

---

19) Ein Berg namens Nißir lag etwa 450 km nördlich von
    Schurripak, im heutigen Kurdistan.
20) Alle Insassen des Schiffes

In ihre Schalen schüttete ich Süßrohr, Zedernholz und
    Myrte.

Die Götter rochen den Duft,
Die Götter rochen den wohlgefälligen Duft,
Die Götter scharten wie Fliegen sich um den Opferer.
Sobald wie die Mach[21] herzugekommen,
Hob sie die großen Fliegengeschmeide empor,
Die Anu ihr zum Vergnügen gemacht:
    'Ihr Götter hier, so wahr des Lasuramuletts
    An meinem Halse ich nicht vergesse:
    Will ich die Tage hier, fürwahr, mir merken,
    Daß ewig ihrer ich nicht vergesse!
    Die Götter mögen nur kommen zum Schütt-
        opfer!
    Doch Enlil soll nicht kommen zum Schütt-
        opfer,
    Weil er unüberlegt die Sintflut machte
    Und meine Menschen dem Verderben
        einheimgab!'

Sobald wie Enlil herzugekommen,
Sah das Schiff und ergrimmte Enlil,
Voller Zorn ward er über die Igigi-Götter[22]:
    'Eine Seele wäre entronnen?
    Überleben sollt' niemand das Verderben!'
Ninurta[23] tat zum Reden den Mund auf
Und sprach zu Enlil, dem Helden:
    'Wer bringt denn etwas hervor außer Ea[24]
    Auch kennt ja Ea jedwede Verrichtung[24]
Ea tat zum Reden den Mund auf
Und sprach zu Enlil, dem Helden:

---

21) Der sumerische Name der Götterherrin und Muttergöttin
22) Die himmlischen Götter
23) Enlils Sohn, Herold der Götter
24) Ironisch, da Ea u.a. den Beinamen 'der alles hervorbringt' führt
    und auch der Gott der Handwerkskünste ist.

,O Held, du Klügster unter den Göttern!
Ach, wie machtest unüberlegt du die Sintflut?!
Seine Sünde leg auf dem Sünder!
Seine Frevel leg auf dem Frevler!
Lockere, daß nicht ganz abgeschnitten werde;
Ziehe hin, daß nicht getötet werde!
Statt daß eine Sintflut du machst,
Mag ein Löwe aufstehen, die Menschen zu mindern!
Statt daß eine Sintflut du machst,
Mag ein Wolf aufstehen, die Menschen zu mindern!
Statt daß eine Sintflut du machst,
Mag eine Hungersnot gesandt werden, das Land zu
          fällen!
Statt daß eine Sintflut du machst,
Mag Era[25] aufstehen, die Menschen zu erwürgen!
Nicht aber enthüllt' ich der großen Götter Geheimnis!
Den Hochgescheiten ließ ich schaun einen Traum!
So vernahm er der Götter Geheimnis;
Schaffet nun für ihn Rat!'

Da hat Enlil das Schiff bestiegen,
Meine Hand gefaßt, mich einsteigen lassen,
Lassen einsteigen, knien mein Weib neben mir,
Hat berührt meine Stirn, zwischen uns stehend, uns
          segnend: 'Ein Menschenkind war zuvor
          Utnapischtim;
          Uns Göttern gleiche fortan
          Utnapischtim und sein Weib!
          Wohnen soll Utnapischtim
          Fern an der Ströme Mündung!'
Da nahmen sie mich und ließen mich fern an der
          Ströme Mündung wohnen.

Fehlende Wörter sind durch .... gekennzeichnet.

———————————————

25) Der Pestgott

Eine große Anzahl russi-
scher Sagen sehr unter-
schiedlicher Art befaßt sich
mit der Person Noahs. Hier
die Geschichte vom Teufel
und Noahs Frau:

Ehe der Herr die Sündflut schickte, befahl er Noah
insgeheim eine Arche zu bauen und selbst seiner
Frau nicht zu erzählen, was er schaffe. Während Noah auf einem Berge im Walde arbeitete, kam der Teufel zu ihm und fragte, was er mache; aber Noah wollte
es ihm nicht sagen. Da ging der Teufel zu Noahs Frau
und beredete sie, ihrem Manne ein berauschendes
Getränk vorzusetzen und ihm das Geheimnis zu ent-
locken.

Nachdem Noah sich an dem Trank erlabt hatte, fing
die Frau an, ihn auszufragen, und er berichtete ihr
alles. Als er aber am anderen Tage wieder auf die
Arbeit ging, fand er die Arche kurz und klein geschla-
gen, alles durcheinander und auseinandergebracht.
Der Teufel hatte sie zerstört. Noah weinte Tag und
Nacht und bereute seine Sünde. Da verkündete ihm
ein Engel Vergebung und hieß ihn die Arche wieder
aufbauen.

Als Noah fertig war, nahm er von jedem lebenden
Wesen ein Paar hinein. Wiederum machte sich der
Teufel an Noahs Frau heran und fragte, wie er in die
Arche gelange könne. Sie wußte es nicht. Da riet er
ihr, daß sie nicht eher hineingehen solle, als bis die
Wasser überall angeschwollen seien, und selbst dann
nicht eher, als bis Noah den Namen des Teufels aus-
gerufen hätte. Das Weib folgte dem Rat, und wiewohl
Noah sie rief, kam sie nicht, so daß er schließlich sag-
te: "Teufel, so kommt doch!". Blitzschnell schlüpfte der

Teufel in die Arche, verwandelte sich in eine Maus und fing an, den Boden der Arche zu benagen.

Noah betete zu Gott, und es kam ein reißendes Tier (ein Löwe). Aus dessen Nüstern sprangen ein Kater und eine Katze, und sie sprangen hinzu und erwürgten die Maus. Die Arglist des Teufels wurde zunichte.

Die folgende biblische Sint-
flutsage ist eine Übersetzung aus dem Jahre 1792
- Genesis -

Das VI. Kapitel

Beynahe alle Menschen beflecken sich mit Sünden
und Lastern. Gott drohet derohalben der Welt den
Untergang durch die Sündfluth. Er befiehlt Noe die
Arche zu bauen, worinn sein Geschlecht und alle Arten von Thieren erhalten würden.

1. Als aber die Menschen anfiengen auf Erden sich
   zu vermehren, und Töchter gezeuget hatten:
2. Sahen die Kinder Gottes, daß die Töchter der
   Menschen schön waren, und nahmen von ihnen
   diejenigen zu Weibern, welche sie aus allen er-
   wählten.
3. Da sprach Gott: Mein Geist wird nicht ewig in den
   Menschen verbleiben, weil er Fleisch ist; und sollen seine Tage sich nur auf hundert und zwanzig
   Jahre erstrecken.
4. Es waren aber zu dieser Zeit Riesen auf Erden,
   denn nachdem die Kinder Gottes sich mit den
   Töchtern der Menschen vermischet hatten, ge-
   bahren dieselben Kinder, welche gewaltige und
   berühmte Männer in der Welt wurden.
5. Als aber Gott sah, daß der Menschen Bosheit
   groß auf Erden war, und daß alle Gedanken des
   Herzens immerdar zum Bösen gerichtet waren:
6. Da reuete es ihn, daß er den Menschen auf Erden gemachet hatte, und, von innerlichem Her-
   zensleide gerühret,
7. Sagte er: Ich will den Menschen, den ich erschaffen habe, von dem Erdboden vertilgen; ja alles
   von dem Menschen an bis auf das Vieh, von dem
   kriechenden Gewürme, bis auf die Vögel des

Himmels, denn es reuet mich, daß ich sie gemachet habe.

8. Noe aber fand Gnade vor dem Herrn.

9. Dieß ist das Geschlecht Noe: Noe war ein ge-
rechter und vollkommener Mann unter den Ge-
schlechtern seiner Zeit, und wandelte mit Gott.

10. Und erzeugte drey Söhne Sem, Cham und
Japher.

11. Die Erde aber war vor Gott verderbt, und mit Ungerechtigkeit angefüllet.

12. Da nun Gott sah, daß die Erde verderbt war:
(Denn alle Menschen hatten einen verkehrten
Wandel geführet)

13. Sagte er zu Noe: Bey mir ist beschlossen, alles
Fleisch zu vertilgen: denn sie haben die Erde mit
Ungerechtigkeit angefüllet, darum will ich sie mit
allem, was auf Erden ist, vertilgen.

14. Du sollst dir eine Arche von glattem Holze machen. Du sollst auch Wohnungen in derselben
zurichten, und sie in- und auswendig mit Pech
bestreichen.

15. Du sollst sie aber also machen: Drey hundert
Ellen soll die Länge der Arche seyn, und fünfzig
Ellen die Weite, und dreyßig Ellen die Höhe.

16. Auch sollst du ein Fenster in die Arche machen,
so die Höhe von einer Elle nicht übersteigen soll:
die Thür aber der Arche sollst du in die Seiten
setzen, drey Stockwerke mit Wohnungen sollst
du zurichten: Eines unten, das andere in der Mitte, das dritte oben.

17. Sieh, ich will die Wasser der Sündfluth auf die
Erden kommen lassen, und alles Fleisch, das unter dem Himmel lebet, tödten: alles was auf Erden ist, soll untergehen.

18. Mit dir aber will ich meinen Bund aufrichten, und
du sollst in die Arche gehen, du und deine Söhne, dein Weib, und die Weiber deiner Söhne mit
dir.

19. Auch sollst du je zwey und zwey von allen Gattungen der Thiere, ein Männlein, und ein Weiblein in die Arche führen, auf daß sie mit dir beym Leben erhalten werden.
20. Von allen Gattungen der Vögel, von allen Gattungen der Thiere, und von allen Gattungen derer, die auf Erden kriechen: Von diesen allen soll je ein Paar mit dir hineingehen, damit sie leben können.
21. Darum sollst du von allerhand Speisen, die man essen kann, mit dir nehmen, und sie bey dir zusammentragen, damit sie dir so wohl, als auch ihnen zur Nahrung dienen.
22. Und Noe that alles, was ihm Gott befohlen hatte.

Das VII. Kapitel

Noe geht auf Befehl Gottes mit den Seinigen in die Arche. Die Sündfluth überschwemmet den ganzen Erdboden 150 Tage lang, und ersäufet alles, was darauf lebet.

1. Und der Herr sprach zu ihm: Geh hinein in die Arche, du, und dein ganzes Haus: denn ich habe gesehen, daß du unter den Menschen dieser Zeit vor mir gerecht bist.
2. Nimm zu dir aus allen reinen Thieren sieben und sieben Männlein und Weiblein, von den unreinen zwey und zwey Männlein und Weiblein.
3. Desgleichen von den Vögeln des Himmels sieben und sieben Männlein und Weiblein, damit ihre Art auf dem ganzen Erdboden erhalten werde.
4. Denn es sind noch sieben Tage: nach diesen will ich vierzig Tage und vierzig Nächte auf Erden regnen lassen, und will alles Wesen, so ich erschaffen habe, von dem Erdboden vertilgen.
5. Also that Noe alles, was ihm der Herr befohlen hatte.

6. Er war sechshundert Jahre alt, da das Gewässer der Sündfluth den Erdboden überschwemmte.

7. Und Noe, seine Söhne, sein Weib, und die Weiber seiner Söhne giengen mit ihm wegen des Wassers der Sündfluth in die Arche hinein.

8. Auch von den reinen und unreinen Thieren, von den Vögeln, und von allem, das sich auf Erden bewegte,

9. Giengen je zwey und zwey zu Noe in die Arche, ein Männlein und ein Weiblein, wie der Herr dem Noe befohlen hatte.

10. Und als die sieben Tage vorüber waren, überschwemmte das Wasser des Sündflusses die Erde.

11. In dem sechshunderten Jahre des Lebens Noe in dem anderten Monate, an dem siebenzehenten Tage des Monats brachen alle Quellen des großen Abgrundes auf, und die Schleussen des Himmels wurden eröffnet.

12. Und es regnete auf Erden vierzig Tage und vierzig Nächte.

13. Gleich beym Anfange dieses Tages sind Noe, Sem, Cham, und Japher, seine Söhne, sein Weib, und die drey Weiber seiner Söhne mit ihnen in die Arche gegangen.

14. Sie und alle Thiere nach ihrer Art, alles Vieh nach seiner Art, alles, was sich auf Erden beweget, nach seiner Art, und alles Geflügel nach seiner Art, alle Vögel, und was Flügel hatte,

15. Sind zu Noe In die Arche, je zwey und zwey von allem Fleische, das lebte, hineingegangen.

16. Und die hineingiengen, waren Männlein und Weiblein von allem Fleische, und giengen hinein, wie ihm Gott befohlen hatte, und der Herr schloß ihn darein von aussen her.

17. Und als sich der Sündenfluß vierzig Tage lang auf Erden ergossen, und das Wasser angewach-

sen war, erhob es die Arche von der Erde in die Höhe.

18. Denn es nahm sehr zu, und bedeckte alles, was auf dem Erdboden war; die Arche aber schwebte ob dem Wasser.

19. Und das Wasser nahm sehr gewaltig auf Erden überhand, also daß alle hohe Berge unter dem ganzen Himmel bedecket wurden.

20. Ja das Wasser war fünfzehn Ellen höher, als die Berge, die es bedecket hatte.

21. Und alles Fleisch, daß sich auf Erden bewegte, alle Vögel, alles Vieh, alle Thiere, und alles, was da auf Erden kriechet, wurden mit allen Menschen vertilget.

22. Und alles starb, was auf Erden lebte.

23. Also hat Gott alles Wesen auf Erden vertilget, von dem Menschen an bis auf das Vieh, sowohl das kriechende Gewürm, als die Vögel des Himmels, alles ist zu Grunde gegangen. Noe allein sammt denen, die mit ihm in der Arche waren, sind übrig geblieben.

24. Und das Wasser stund hundert und fünfzig Tage auf Erden.

Das VIII. Kapitel

Die Gewässer nehmen ab, und verlieren sich, welches Noe aus dem Oelzweige der Taube erkennt. Noe geht mit den Seinigen sammt den Thieren aus der Arche. Opfert Brandopfer zur Danksagung, wodurch Gott versöhnnet wird, und verspricht, die Welt inskünftige nicht mehr mit einer Sündfluth zu bestrafen.

1. Gott aber gedachte an Noe, und alle Thiere, und an alles Vieh, das mit ihm in der Arche war, und ließ einen Wind auf Erden wehen, wodurch die Wasser abgenommen hatten.

2. Auch wurden die Quellen des Abgrundes, und die Schleussen des Himmels geschlossen, und der Regen von dem Himmel innegehalten.

3. Und die Wasser, die hin und her giengen, verliefen sich von der Erde, und fiengen an nach hundert und fünfzig Tagen abzunehmen.

4. Und an dem sieben und zwanzigsten Tage des siebenten Monaths ruhete die Arche auf den Bergen Armeniens.

5. Die Wasser aber verliefen sich immerfort, und nahmen ab, bis auf den zehenten Monat; denn an dem ersten Tage des zehenten Monats liessen sich die Spitzen der Berge sehen.

6. Und nachdem vierzig Tage verflossen waren, eröffnete Noe das Fenster, welches er in der Arche gemacht hatte, und ließ einen Raben ausfliegen.

7. Als dieser ausgeflogen war, kam er nicht wieder zurück, bis das Wasser auf Erden eingetrocknet war.

8. Nach ihm ließ er auch eine Taube ausfliegen, damit er erfahren möchte, ob die Wasser von dem Erdboden hinweg wären.

9. Als aber dieselbe nichts fand, wo ihr Fuß ruhen konnte, weil die Wasser noch den ganzen Erdboden bedeckten, kehrte sie wieder zu ihm in die Arche zurück; und Noe streckte die Hand aus, ergriff sie, und nahm sie in die Arche hinein.

10. Als er aber noch sieben andere Tage gewartet, ließ er abermal eine Taube aus der Arche.

11. Diese aber kam auf dem Abend wieder zu ihm, und brachte ein Zweiglein von einem Oelbaume mit grünen Blättern in ihrem Schnabel mit sich: daraus erkannte Noe, daß die Wasser nachgelassen hätten.

12. Gleichwohl wartete er noch sieben andere Tage, und ließ eine Taube ausfliegen, welche nicht mehr zu ihm zurück gekehret ist.

13. Solchem nach haben sich die Wasser in dem sechshundert und ersten Jahre, an dem ersten Tage des ersten Monats auf Erden völlig verloren, und als Noe das Dach der Arche eröffnet, und herumgesehen, sah er, daß der Erdboden trocken wäre.

14. In dem zweyten Monate an dem sieben und zwanzigsten Tage des Monats ist die Erde ganz trocken geworden.

15. Da redete Gott mit Noe, und sprach:

16. Geh du und dein Weib, deine Söhne, und die Weiber deiner Söhne mit dir aus der Arche.

17. Führe auch mit dir heraus alle Thiere, welche bey dir sind, von allen Gattungen, sowohl vom Geflügel, als vom Viehe, und von allem Gewürme, das auf Erden kriecht, und geht hin auf die Erde, wachset und vermehret euch auf derselben.

18. Also gieng Noe, und mit ihm seine Söhne, sein Weib, und die Weiber seiner Söhne aus der Arche.

19. Es giengen auch heraus alle Thiere, Vieh, und das Gewürm, so auf Erden kriecht, ein jedes nach seiner Art.

20. Noe aber bauete dem Herrn einen Altar auf, und nahm von allen reinen Thieren und Vögeln, und opferte sie zum Brandopfer auf dem Altar.

21. Und der Herr hatte daran ein Wohlgefallen, wie man an einem lieblichen Geruche hat, und sprach: Ich will hinfort keinesweges die Erde um der Menschen willen verfluchen, denn der Sinn und die Gedanken des menschlichen Herzens sind von Jugend auf zum Bösen geneigt; darum will ich nicht mehr alles tödten, was da lebet, wie ich es getan habe.

22. So lang die Erde stehen wird, soll das Saen und Erndten, Frost und Hitze, Sommer und Winter, Nacht und Tag nicht aufhören.

Aus dem nordrussischen
Raum, von den Wogulen,
stammt die Sage von einer
verhinderten Flut.

1. Der weltbeobachtende Mann fand einst auf seinem
Ritt einen mansi-Menschen. "Komm her!" spricht er.
Der mansi-Mensch ging hin. Der weltbeobachtende
Mann zog ihn zu der Hüfte seines Pferdes, der man-
si-Mensch blieb an der Hüfte seines Pferdes kleben.

Hierauf ritt jener zu seinem Vater Gold-Kwores hinauf.
Als er hinaufgelangt war, spricht er zum mansi-Menschen: "Kennst du mich?" Der antwortet: "Woher sollte ich dich kennen?!" - "Nun also, denke, daß
ich, den du siehst, der weltbeobachtende Mann bin!"

Sie traten in das silberstangige Stangenhaus seines
Vaters Gold-Kwores. Der weltbeobachtende Mann
spricht zum mansi-Menschen: "Wenn du durch die
Tür hineingelangt bist, so stelle dich an eine Stelle im
Hause!"

Wie sie ins Haus treten, ist dort viel Volk versammelt.
Der weltbeobachtende Mann fragt das Hausvolk: "Soviel Volk, weshalb habt ihr euch versammelt?" Das
Volk antwortet: "Weshalb wir uns versammelt haben?
Deshalb haben wir uns versammelt: unser Vater
Gold-Kwores macht eine heilige Feuerflut". Der weltbeobachtende Mann sagt: "Die Zeit dazu ist noch
nicht gekommen". Das Volk spricht: "Unser Onkelchen, der Alte aus der Stadt Jeli, ist noch nicht gekommen, ihn muß man noch fragen!"

Sie zitierten ihr Onkelchen, den Alten aus der Stadt
Jeli, her. Plötzlich stürzte eine Schneewolke herab,
ein schneeschuhtragender Mann trat mit seinen
Schneeschuhen ins Haus herein. Der Alte aus der

Stadt Jeli spricht zu dem Volke: "Weshalb habt ihr mich mit einer so schrecklichen Kraft herzitiert, ich habe mir beinahe die alten Knochen zerbrochen! - weshalb habt ihr euch versammelt?" - "Weshalb wir uns versammelt haben? Unser Vater Gold-Kwores macht eine heilige Feuerflut." Ihr Onkelchen, der Alte aus der Stadt Jeli, spricht: "Es ist noch nicht die Zeit dazu; - aber wo ist die Schrift, wollen wir doch nachsehn!"

"Die Schriften liegen im Gastzimmer unseres Vaters Gold-Kwores herum!" Der Alte aus der Stadt Jeli trat in das Gastzimmer; die Schrift, welche er suchte, fand er, entfaltete sie, er spricht zum Volk: "Sehet, es ist doch noch nicht die Zeit dazu!"

2. Dann trat von draußen ein Mann herein, zu seinem Väterchen Gold-Kwores spricht er: "Sieh da, bereitet ist die warme Badestube!" Sein Väterchen Gold-Kwores hob er empor und trug es in die warme Badestube. Nachdem er sein Väterchen Gold-Kwores in die Badestube getragen hatte, kam der weltbeobachtende Mann aus dem Hause heraus. Seinen mansi-Menschen rief er mit sich: "Komm!" - so spricht er.

In des weltbeobachtenden Mannes eigenes Haus gingen sie hinein. In dem Hause stehen drei Kessel. Die Kessel, so wie sie siedeten, sprudelten über und heraus floß das Wasser. Wie sie auf die unten befindliche Erde sehen, hat von da eine beträchtliche Anzahl Volkes das herausgeströmte Wasser weggetragen. Der weltbeobachtende Mann berührte die Bäuche der Kessel mit einem Tuch, ihr Sieden ließ nach. Ein wenig hielten sie inne; die Kessel begannen zum zweitenmal zu sieden und liefen wieder über. Wieder eine beträchtliche Anzahl Volkes trug fort das übergelaufene Wasser.

Der weltbeobachtende Mann berührte die Bäuche der Kessel mit einem Tuch, das Sieden derselben mäßigte sich. Sie hielten wieder inne; die Kessel begannen auch zum drittenmal zu sieden. Der weltbeobachtende Mann berührte sie wieder mit einem Tuche, ihr Sieden mäßigte, mäßigte sich, zuletzt mäßigte es sich ganz, sie sieden nun nicht mehr. Der weltbeobachtende Mann spricht nun zu seinem mansi-Menschen: "Komm, gehen wir!" Hierauf gingen sie in das Haus seines Vaters Gold-Kwores.

3. Vater Gold-Kwores kam aus jener Badestube herein. Er spricht zu seinem Sohne: "Söhnchen, warum hast du vereitelt mein Streben?" Der weltbeobachtende Mann spricht: „O Vater, wie sollte ich es nicht vereiteln; ich bedaure meine vielen Menschen!"

Sieben Männer in weißen Kleidern traten nun von draußen herein; sie setzten ihren Vater Gold-Kwores auf die oberste von sieben Leitern. - Der weltbeobachtende Mann ging mit jenem mansi-Menschen aus dem Hause hinaus. Der weltbeobachtende Mann stieg auf den Rücken seines Tieres, den mansi-Menschen klebte er an die Hüfte seines Pferdes und ritt mit ihm davon. Wo er früher den mansi-Menschen gefunden hatte, dort setzte er ihn ab.

Die Tschipewayen, ein Indianerstamm der Athapasken,
haben ihre Wohnsitze in
Nordkanada, im Bereich des
Mackenziebeckens und der
kanadischen Seenplatte. Bei
ihnen ist folgende Sage bekannt:

Im Anfang lebte man auf dieser Welt wie heute. ...
Aber einmal während eines Winters geschah etwas
Absonderliches: es fiel derartig viel Schnee, daß die
Erde damit wie begraben war und daß nur die Wipfel
der höchsten Tannen hervorragten. Das war nicht
zum Aushalten. Alle Tiere, die damals bei den Men-
schen wohnten und lebten, eilten zum Himmel, um die
Wärme zu suchen; denn auf der Erde, die der reine
Eisklumpen war, starb man vor Kälte und Hunger.

Es war klar, daß die ganze Welt untergehen mußte,
wenn man sich nicht eilte. Das Eichhörnchen, das das
flinkste von allen Tieren war, kletterte auf den Gipfel
der höchsten Tanne, machte ein Loch in das Gewölbe
des Himmels und stieg durch diese Öffnung in den
Himmel. Dies Loch ist die Sonne. Alle Welt, erstaunt
über diese Tat, erklärte, das Eichhörnchen wäre ein
großartiger Kerl. Durch dieses Loch drängten sich nun
alle Tiere hinter dem Eichhörnchen her in den Himmel. Aber dies näherte sich dabei so der Hitze, daß
sein Haar ganz versengt wurde und deshalb ist es rot.
Das Eichhörnchen schaffte also den Tag, denn vor
dieser Heldentat war es kalt und dunkel auf Erden.

Aber der Bär, der der Herr der oberen Welt ist, wo er
die Wärme ganz für sich allein bewahrte, der Bär sagte zu dem Eichhörnchen: "Wenn es immer Tag ist, wie
willst du denn jagen?" Dann breitete er eine dichte
Haut über die himmlische Öffnung und es wurde von

neuem Nacht. Es war also der Bär, der die Nacht schuf. Er ist ja auch immer schwarz. Er liebt die Finsternis und wohnt unter der Erde in einer dunklen und finsteren Höhle.

Der Bär ist schlecht. In der oberen Welt bewahren er und sein Sohn die Wärme. Sie hatten sie an einem Lederschlauch an den Zweigen eines großen Baumes aufgehängt, der sich in Mitten des Himmels erhob. An diesem Baume sah man auch alle anderen Elemente aufgehängt, alle guten und alle schlechten, welche über diese untere Welt herabfahren: einen Schlauch mit Regen und einen mit Schnee; einen Schlauch mit schön Wetter und einen mit Sturm; einen Schlauch mit Kälte und einen mit Wärme. Es handelte sich also darum, sich dieses letzteren zu bemächtigen und das war gewiß nicht leicht, denn der Bär und sein Sohn hatten sich am Fuße des Baumes gelagert und bewachten die Wärme.

"Wer von uns wird sich dazu eignen, den Schlauch loszuhaken", sprachen die Tiere, "und wer ist stark genug, gegen diesen kräftigen und wilden Bären zu kämpfen?" Darauf bot sich das Renntier an, da es am schlauesten und schnellfüßigsten war. Es schwamm zum Bären hin (denn der Baum erhob sich auf einer Insel) und riß den Sack des Siedens, der die Hitze enthielt, an sich, bevor der Bär mit seinen langsamen Bewegungen Zeit hatte, es zu erreichen. Dann nahm er seine Zuflucht zu seinem Boot. Er schob es ins Wasser, stieg hinein und verfolgte das Renntier, das sich durch Schwimmen mit dem Wärmesack zu retten suchte. Er hatte es fast erreicht, als plötzlich das Ruder in seinen Händen zerbrach und ihn zur Untätigkeit verdammte. Es war die Maus, die es inwendig ausgehöhlt hatte und dadurch für das allgemeine Beste arbeitete.

Dies Ereignis gab den Tieren Zeit, sich mit dem Wärmesack zu retten. Der Sack war sehr schwer; man hing ihn über einen Stock und die Tiere trugen ihn zu zwei und zwei abwechselnd. Sie waren noch weit zwischen der oberen und unteren Welt, als sie sich schon öfters ausruhen mußten.

Eines Nachts beim Biwak wollte die Maus, deren Schuhwerk in Fetzen war, ihre Schuhe ausbessern und glaubte nichts Besseres zu tun, als ein Stück aus dem Ledersack zu schneiden. Aber o Unglück! Der geöffnete Sack strömte die Wärme, die er enthielt, mit solcher Gewalt über die Erde aus, daß sie in einem Augenblick die ungeheure Menge Schnee, die die Erde bedeckte, zum Schmelzen brachte. Und daraus entstand eine derartige Überschwemmung, daß das Wasser, immerfort steigend, die Berge überflutete und schließlich auch die höchsten bedeckte.

Ein alter Greis mit weißen Haaren, der dies vorhersah, hatte gesagt: "Meine Freunde, laßt uns ein großes Boot bauen, und uns darin retten." Aber man lachte ihn aus. "Mach es doch selbst", sagte man ihm, "der du so verständig bist. Wir werden auf die Berge klettern, wo uns das Wasser nicht erreichen wird." Aber sie hatten sich gewaltig getäuscht, denn das Wasser holte sie dort ein und sie verdarben bis auf den letzten. Das Wasser ging über die höchsten Gipfel des Felsengebirges hinweg: von der Erde war nichts mehr zu sehen. Das war das Ende der Welt. Alle Menschen, alle Tiere, alle Vögel kamen um. Was den kleinen Alten angeht, über den man sich lustig gemacht hatte, so hatte er sich ein großes Boot gebaut, ganz allein, sich dahinein zurückgezogen und ein Paar von allen Vierfüßlern und Vögeln gesammelt, die ihm auf seiner Fahrt begegneten. Dann trieb er mit dem steigenden Wasser ab. Dieser Greis nannte sich Etsie, der Großvater oder Ennedhekwi, der Alte.

Nun konnte man es nicht mehr aushalten und die
Bootsinsassen vermochten nicht länger in diesem
Zustand zu leben. Die Wassertiere verlangten zu tauchen, um Erde vom Grund des Wassers zu holen.
Aber es gab keine Erde mehr. Sie war so weit, so weit
auf dem Grund des Wassers! Der Adler flog weithin
auf die Suche; er kam, ohne das geringste gefunden
zu haben, zurück, ohne irgend etwas gesehen zu haben, zurück. Die Taube machte sich auf den Weg,
flog einen ganzen Tag und kam ebenfalls zurück, ohne irgend etwas gesehen zu haben. Am folgenden
Tag flog sie von neuem aus und blieb den ganzen
Tag fort. Ganz entkräftet kam sie am Abend wieder,
aber sie hielt in den Krallen einen grünen Tannen-
zweig. Sie hatte Baumwipfel gesehen und sich darauf
niedergelassen. Ermutigt durch diesen Fund, begann-
nen sämtliche Wasservögel und Wassertiere mit aller
Gewalt zu tauchen in der Hoffnung, Erde heraufzu-
bringen. Die Bisamratte tauchte und kam fast ohne
Atem wieder und hatte nichts gefunden; die Otter
tauchte; sie blieb lange Zeit unter Wasser, und als sie
wieder an der Oberfläche erschien, war sie dem Tode
nahe. "Nichts", sagte sie. Die kleine Trompetenente
tauchte nun. Sie kam mit ein wenig Schlamm in der
Pfote wieder hoch. Sie hob die Erde empor, sie brachte die Erde zurück. Deshalb riefen alle Tiere: "Die
Trompetenente allein kann etwas; sie ist ein großartiger Kerl!" Das ist das Ende.

Die Mundari, ein Stamm der
Kolhs in Ostindien berichten:

Singbonga, das höchste Wesen, schuf aus Erde die
Menschen. Die zum Guten geschaffenen Menschen
wurden aber bald böse, sie wollten sich nicht waschen und arbeiten, sondern immer tanzen und sich
betrinken. Deshalb erzürnte er sehr und sandte eine
große Flut. Sengle-Daa, d.h. Feuerwasser, ließ er
vom Himmel strömen, daß alle Menschen starben.

Nur zwei, ein Bruder und eine Schwester, verbargen
sich unter einem Tixilbaume und wurden gerettet. Das
Holz dieses Baumes sieht sehr dunkel aus, wie ver-
kohlt. Das, sagen die Leute, ist die Folge jenes Feu-
erwassers.

Aber Gott wollte nicht, daß die Welt wieder untergin-
ge. Darum schuf er die Schlange Lurbing, damit sie
den Fluten ein Ende mache. Sie bläst ihre Seele zum
Himmel empor und wird dadurch zum Regenbogen,
der den Regengüssen Einhalt tut. Solange der Regenbogen am Himmel steht, ist die Schlange tot, erst
nach dessen Verschwinden kommt sie wieder zum
Leben. Daher die Rede der Mundari, wenn sie den
Regenbogen sehen: Lurbing ist zu Boden geworfen,
oder: es wird nicht mehr regnen, weil Lurbing den Regen vernichtet hat.

Aus dem nordosteuropäi-
schen Raum, aus Litauen,
ist folgende Sage bekannt:

Als Pramzimas, der höchste Gott, aus einem Fenster
seines himmlischen Hauses über die Welt schaute
und lauter Krieg und Unrecht unter den Menschen
schaute, sandte er zwei Riesen, Wandu und Wejas,
auf die sündige Erde, die zwanzig Nächte und Tage
lang alles verwüsteten.

Als er von neuem hinabschaute, während er gerade
himmlische Nüsse aß, warf Pramzimas eine Schale
hinunter, die auf dem Gipfel des höchsten Berges
niederfiel, zu dem sich Tiere und einige Menschen-
paare geflüchtet hatten.

Alle stiegen in die Nußschale, die nun auf der alles
bedeckenden Flut umherschwamm. Gott aber richtete
sein Antlitz zum drittenmal auf die Erde und ließ den
Sturm sich legen und die Gewässer wieder abfließen.
Da teilten sich die geretteten Menschen aus und nur
ein Paar blieb in jener Gegend, von dem die Litauer
abstammen. Sie waren aber schon alt und härmten
sich, da sandte ihnen Gott zum Tröster den Regenbogen, welcher ihnen den Rat gab, über die Gebeine
der Erde zu springen: Neunmal sprangen sie und
neun Paare entsprangen, der neun litauischen Stämme Ahnen.

Nach einer Legende der
Acawoio in Britisch-Guyana,
im Norden Südamerikas,
ereignete sich die Sintflut
wie folgt:

Der große unsichtbare Geist Makonaima schuf einen
hohen wunderbaren Baum, dessen Äste alle verschiedene Fruchtarten trugen, von denen sich die Tiere ernährten. Diesen Baum stellte er unter die Auf-
sicht seines weisen Sohnes Sigu, der beschloß, den
Baum zu fällen, um alle Zweiglein und Splitter dessel-
ben zu pflanzen, damit die ganze Erde mit so fruchtbaren Bäumen bedeckt werde.

Der übrig gebliebene Stumpf des Baumes war aber
hohl und mit Wasser gefüllt, in welchem der Laich
verschiedener Fischarten schwamm. Sigu wußte aber
nicht, daß das Wasser im Baumstumpfe mit unterirdi-
schen Quellen in Verbindung stand, die nun mächtig
zu strömen begannen und überliefen. Schnell ver-
stopfte er daher die Öffnung mit einer Wallamba, einer eng geflochtenen Matte, und das Ausströmen des
Wassers war verhindert.

Da kam der neugierige Affe Iwarrika, der unter der
Matte Kostbarkeiten verborgen wähnte und sie ent-
fernte. Da strömte das zurückgehaltene Wasser wieder mit voller Macht hervor und überflutete die ganze
Erde.

Sigu aber flüchtete mit seiner Herde auf die höchsten
Stellen des Landes, wo er die Tiere, die nicht klettern
konnten, in einer Höhle verschloß, während er mit den
übrigen eine hohe Palme erkletterte. Dort oben saßen
sie nun Tag und Nacht, frierend und hungernd, bis die
Wasser sich verliefen, was Sigu daran erkannte, daß
er von Zeit zu Zeit Palmnüsse herniederwarf, aus de-

ren Ton beim Aufschlagen er merkte, wie das Wasser mehr und mehr sank, und schließlich die fallenden Kerne anzeigten, daß sie wieder auf Erde fielen.

Da stiegen alle herab, auch die in der Höhle einge-schlossenen Tiere wurden befreit, der neugierige Affe bestraft, und die Erde grünte und blühte wieder, die Zweige und Samen des Wunderbaumes keimten und bedeckten den Boden mit Fruchtbäumen.

Die 'Metamorphosen' des Ovid enthalten eine sehr ausführliche Flutsage. Sie berichtet gleichzeitig von der Neuschöpfung der Menschheit.

Schon will die Erde er ganz übersäen mit Blitzen, da kommt ihm aber die Furcht, es möge der heilige Äther von soviel Feuer geraten in Brand und die lange Achse entflammen. Auch erwägt er, es solle nach Schicksalsbeschluß eine Zeit einst kommen, da Erde und Meer, da die Burg des Himmels, entzündet, brenne und wanke gefährdet des Weltbaus kunstvoll Gefüge, legt das Geschoß, das die Hand der Cyclopen geschmiedet, beiseite; gegensätzliche Strafe beschließt er: zu tilgen der Menschen Stamm unter Fluten und Güsse vom ganzen Himmel zu fällen.

Also schließt er sogleich in des Aeolus Höhle den Nordwind, all die anderen auch, die Wolken im Aufziehn zu vertreiben. Südwind sendet er aus. Mit den nassen Fittichen flog der, pechschwarz Dunkel deckt sein schrecklich Gesicht; aus dem Barte strömt es von Regen schwer, aus den grauen Haaren es flutet; Nebel umlagern die Stirn, es trieft vom Gewand und den Federn. Als das Gewölk, das weithin hangt, mit der Hand er gepreßt, da birst es und bricht es herab in dichten Güssen vom Himmel. Iris, die Botin der Juno, gehüllt in die mancherlei Farben, zieht die Wasser empor und bringt sie den Wolken zur Nahrung. Nieder schwemmt es die Saaten, da liegt, beweint, nun des Landmanns Hoffnung; dahin des langen Jahres vergebliche Mühe.

Und sein Himmel genügt dem Zorne Juppiters nicht, sein Bruder im Meere schickt ' ihm das Heer seiner Wogen zu Hilfe. Dieser ruft seine Flüsse zusammen.

Sobald ihres Fürsten Haus sie betreten, spricht er zu ihnen: "Kein langes Ermahnen braucht es jetzt. Ergießt mit aller Macht eure Kräfte! Das nur ist not. Eure Stuben sperrt auf, spült hinweg eure Dämme, und euren Fluten laßt die Zügel allesamt schießen!" So befiehlt er. Sie gehn und lösen den Mund ihrer Quellen, wälzen zum Meere sich hin, entzügelten Laufes. Er selber aber, er stößt seinen Dreizack hinein in die Erde, und die erbebt und öffnet, erschüttert, den Weg verborgenen Wassern. Ausgebrochen fluten die Flüsse dahin über offne Felder, reißen die Saaten, die Bäume, das Vieh und die Menschen, Dächer und Kammern mitsamt den Hausaltären von hinnen. Blieb ein Gebäude und konnte dem mächtigen Drange des Unheils unzerstört widerstehn, so deckten höher doch steigend Wellen den First; unter Strudeln verborgen standen die Türme.

Und schon ließ sich See und Land nicht mehr unterscheiden. Da war alles Meer; und dem Meere fehlten die Ufer. Der ersteigt einen Hügel, ein anderer sitzt in dem hohlen Nachen und führt die Ruder jetzt da, wo er neulich gepflügt hat. Jener schifft über Saaten dahin, übers Dach des versunkten Hofes, und dieser fängt einen Fisch im Wipfel der Ulme. Anker geworfen wird vielleicht auf grünender Wiese, oder es streift der geschwungene Kiel die Höhe des Weinbergs, und wo eben noch Gräser genascht die zierlichen Geißen, dorthin betten jetzt ihre plumpen Leiber die Robben.

Unter dem Wasser bestaunen die Töchter des Nereus die Haine, Städte und Häuser; es tummeln im Wald sich Delphine, sie stoßen gegen das hohe Gezweig und erschüttern mit Schlägen die Stämme. Schwimmt zwischen Schafen der Wolf, entführt die Woge die fahlen Löwen, die Woge die Tiger; nichts frommt dem Eber der Hauer Blitzkraft, nichts dem treibenden Hirsch die Schnelle der Schenkel. Und, der schweifend lange nach Erde gesucht, die zum Sitz ihm diene, der Vogel sinkt ins Meer mit ermatteten Schwingen. Willkür unermeßlicher See hat die Hügel verschüttet, und es umbrandet das fremde Gewog die Gipfel der Berge.

Wasser verschlang die meisten, und wen das Wasser verschonte, den überwand die Not des langandauernden Hungerns.

Phocis trennt die Gefilde am Oeta von denen Boeotiens: fruchtbar Land, als Land es noch war - ein Teil nur des Meeres jetzt und ein weites Feld der plötzlich gestiegenen Wasser. Auf zu den Sternen strebt ein Berg dort mit doppeltem Scheitel, über die Wolken ragen die Gipfel, Parnassus sein Name. Als Deucalion hier - denn das übrige deckten die Fluten - schiffend im kleinen Kahn mit der Lagergenossin gelandet, beten sie fromm zu den Nymphen der Grotte, zur Gottheit des Berges: Themis, der wissenden, die des Orakels damals gewaltet. Besser als er kein Mann, es liebte keiner das Rechte höher als er, und keine war gottesfürchtiger, als sie war. Juppiter, da er als See mit stehenden Wassern den Erdkreis und überleben sah von s o viel Tausenden Einen, und überleben sah von s o viel Tausenden Eine, frei sie beide von Schuld, sie beide Verehrer der Gottheit, da zerriß er die Wolken, vertrieb durch den Nordwind den Regen, zeigte dem Himmel die Erde und zeigte der Erde den Äther.

Auch des Meeres Wut blieb nicht. Sein Beherrscher, er legte nieder den Dreizack und stillte die Flut. Den Gott, der mit eingewachsenen Muscheln die Schultern bedeckt, der Tiefe entragt, den Triton ruft er und heißt in die tönende Muschel ihn stoßen, heißt mit diesem Zeichen zurück ihn rufen die Fluten all und die Flüsse; und Triton ergreift das hohle, gedrehte Haus der Muschel, das, von der untersten Windung sich weitend, wächst, das Horn, des Klang, in des Meeres Mitte erweckt, ihm füllt seinen Strand, wie er liegt unter Aufgang und Sinken der Sonne. Jetzt auch, da es geführt an des Gottes Mund, den vom nassen Barte betauten, und hallt, zum befohlenen Rückzug geblasen, ward es von allen den Wogen des Festlands, des Meeres gehört und zwang sie, die es gehört, die Wogen alle zusammen. Siehe, es fallen die Flüsse! Man sieht die Hügel sich heben; schon zeigt Ufer das Meer, schon faßt das Bett seines Stromes Fülle; der Boden steigt, es wächst das Land, und die Wasser schwinden. Nach langer Frist entblößt, erscheinen des Waldes Wipfel und halten den Schlamm noch fest, der im Laube geblieben.

Wiedergeschenkt der Erdkreis. Deucalion sieht seine Leere, sieht die Erde verödet in tiefstem Schweigen liegen, und zu Pyrrha spricht er so unter quellenden Tränen: "Schwester und Gattin, Frau, die einzig übriggeblieben, die mir gemeinsam Geschlecht, vom Vatersbruder die Abkunft, dann das Lager verband und jetzt die Gefahr schon verbindet: Volk für die Erde, soweit der Abend und Morgen sie anblickt, sind wir beide allein, das übrige schlangen die Fluten. Auch zur Stunde noch dürfen wir nicht vertraun, daß das Leben sicher uns sei, und jetzt noch schrecken Wolken den Sinn uns. Wie wohl wär dir zu Mut, du Ärmste, wenn du dem Unheil ohne mich wärest entrissen? Wie könntest allein du das Bangen tragen? Und wer wohl wäre dein Tröster dann in der Trauer? Denn, dies glaube mir! i c h wenn auch du vom Meere verschlungen, folgte o Gattin dir nach, daß auch ich vom Meere verschlungen. O, vermöchte ich doch, mit den Künsten des Vaters die Völker wiederzuschaffen, könnt' ich geknetete Erde beseelen! Nunmehr steht auf uns beiden allein der Sterblichen Stamm - so haben die Götter beschlossen - wir bleiben als Zeugnis von Menschen!"

Sprach es, und sie weinten. Zur himmlichen Gottheit zu flehen, schien ihnen gut und Rat bei den heiligen Losen zu suchen. Also gehn sie vereint zum Flusse Cephisus, der lauter zwar noch nicht, doch schon zu erkennen zwischen den Ufern strömte; als hier von der Flut sie geschöpft und weihend sich Haupt besprengt und Gewandung, lenkten den Schritt sie zum Tempel der hohen Göttin, wo schnöde der First von schmutzigem Moos überwuchert und der Altar da stand, der Opferfeuer entbehrend. Als sie die Stufen des Tempels erreichten, warfen sich beide nieder zu Boden und küßten die kalten Steine mit Beben; und sie sprachen: "Läßt durch gerechte Gebete der Gottheit Sinn sich wieder erweichen, und läßt sich wandeln ihr Zorn, so sprich, o Themis, wie ist unsres Stammes Verlust zu ersetzen, und, o Mildeste, hilf, hilf du dem versunkenen Leben!" Rührung faßte die Göttin, sie gab den Spruch: "Von dem Tempel geht, verhüllt euer Haupt und löst der Gewande Umgürtung, werft dann hinter euch der Großen Mutter Gebeine!"

Lange standen sie stumm. Dann brach das Schweigen der Pyrrha Stimme zuerst, und sie weigert, der Göttin Geheiß zu gehorchen, bittet mit schüchternem Munde, sie möge gnädig verzeihn, und scheut durch den Wurf der Gebeine den Schatten der Mutter zu kränken. Oft wiederholen sie noch unter sich die Worte des dunklen Spruchs, den die Göttin gegeben, und wenden hin sie und wider, bis des Prometheus Sohn Epimetheus' Tochter beruhigt: "Entweder täuscht mich mein Witz", so sprach er beschwichtigend, "oder fromm ist der Spruch und rät zu keinem Frevel: Die Große Mutter, das ist die Erde, mit deren Gebeinen, so glaub' ich meint sie die Steine und heißt uns diese hinter uns werfen."

War des Titanen Kind auch bewegt durch des Gatten Vermutung, blieb ihr Hoffen doch zweifelnd, so sehr mißtraun sie des Himmels Mahnung. Jedoch, was kann ein Versuch wohl schaden? Und also gehn sie, verhüllen ihr Haupt, entgürten die Kleidung und werfen, wie es befohlen, zurück in die Spur ihrer Füße die Steine. Da - wer möchte es glauben, wenn nicht für die Kunde ihr Alter zeugte? - die Steine verlieren allmählich Härte und Starrheit, werden weich mit der Zeit und beginnen Formung zu zeigen. Dann, sobald sie, gewachsen, ein zarteres Wesen gewonnen, ließ sich wie Menschengestalt schon etwas erkennen, doch deutlich nicht, nein so wie an Marmor, der kürzere Zeit erst im Werk, noch wenig behauen, und ganz den rohen Bildnissen ähnlich. Aber, was irgendwie feucht an ihnen von Säften und erdig, ward verwandelt als Fleisch dem Aufbau des Leibes zu dienen. Was jedoch fest war und nicht zu beugen, das wurde zu Knochen, was da Ader gewesen, das blieb unter gleicher Benennung. Und nach der Götter Willen erhielten die Steine, die Mannes Hände geworfen, Mannesgestalt in kürzester Frist und ward das Weib durch die Würfe des Weibes wiedergeschaffen. Daher sind wir ein hartes Geschlecht, erfahren in Mühsal, geben so den Beweis des Ursprungs, dem wir entstammen.

Die Blackfeetindianer gehören zu den Felsengebirgsal-
gonkin. Ihre Flutsage lautet:

Die Menschen, die vor den heutigen auf der Erde lebten, waren wild; sie wußten nichts und taten nichts.
Nichant liebte nicht die Weise, wie sie lebten und
handelten. Er dachte: "Ich will eine neue Welt machen."

Wasser sollte aus den Spalten der Erde kommen, ein
heftiger Regen sollte fallen und das Wasser überall
auf der Erde stehen. Nach seinem Zaubergesang
stieß er die Erde an, sie krachte, das Wasser stürzte
hervor und der Regen floß tagelang, und die Erde war
voll Wasser. Mit Hülfe eines Büffelhorns schwammen
er und seine Pfeife.

Nun ließ er den Regen aufhören. Überall war Wasser,
und er trieb dahin, wie der Wind ging. Tagelang trieb
er so, und hinter ihm her flog die Krähe. Alle anderen
Vögel und Tiere waren ertrunken. Endlich wurde die
Krähe müde und bat um Hülfe. Da wurde ihr gestattet,
sich auf der Pfeife auszuruhen. Dies war eine Zau-
berpfeife, denn sie enthielt alle Tiere in sich.

Unter diesen wählte Nichant die aus, die einen langen
Atem hatten, um unterzutauchen. Zuerst kam der
Tauchvogel; der kam aber nur zur Hälfte hinunter und
machte dann kehrt. Dann mußte der kleine Taucher-
vogel hinunter, der erreichte beinah den Boden, dann
verlor er die Luft, und fast tot kam er oben an.

Nun wurde die Schildkröte hinuntergesandt, diese
kam nach langer Zeit halbtot oben an. Sie hatte unten
die Pfoten und die Hautfalten mit Schlamm gefüllt;
aber unterwegs war fast alles wieder abgespült worden. Nichant fand aber bei genauem Suchen doch

noch etwas Erde. Er sprach: "Ich will dies bißchen Schmutz, das ich in der Hand habe, ins Wasser werfen; Stück für Stück soll es genügen, um so viel Land zu machen, wie ich brauche." Und er begann, ein bißchen nach dem anderen ins Wasser tropfen zu lassen, indem er sorgsam die Hand öffnete und wieder schloß. Und so war es ein Stück Land geworden, groß genug für ihn.

Dann rief er die Krähe: "Bleib hier, ich habe Land gemacht, genug für uns beide." Als sie sich ausgeruht hatte, flog sie fort. Dann nahm er aus seiner Pfeife zwei lange Schwungfedern, nahm sie in die Hand und sagte den Zauberspruch, breitete die Arme aus, schloß die Augen und sagte: "Hier möge ringsherum soviel Land sein, als meine Augen reichen." Als er seine Augen öffnete war in der Tat Land ringsherum da. Aber es war nirgends Wasser zu sehen. Er ging fort mit seiner Pfeife und der Krähe; das war das einzige, was in der Welt zu sehen war.

Nun wurde Nichant durstig, er rief und überlegte mit geschlossenen Augen, wie er wohl zu Wasser kommen könnte. Da vergoß er Tränen, und wohin seine Tränen fielen, da entsprangen Quellen. So machte er Bäche und Flüsse. Nun wurde es müde, nur mit der Krähe und Pfeife allein zu sein, und so machte er Menschen und Tiere immer paarweise. Danach stimmte er seinen Zaubergesang an, stieß die Erde und machte so die Erdfiguren lebendig.

Dann machte er für die Menschen Bogen und Pfeile und sprach zu ihnen: "Wenn ihr gut seid und Gutes tut, will ich kein Wasser und kein Feuer mehr über euch kommen lassen."

Denn lange, ehe das Wasser sich erhob, war die Erde verbrannt worden. Dies ist jetzt das dritte Leben.

Dann zeigte er den Menschen den Regenbogen und sagte zu ihnen: "Dies hier ist das Zeichen, daß die Erde nicht wieder mit Wasser bedeckt werden soll. Wenn ihr Regen habt, so werdet ihr den Regenbogen sehen, und wenn ihr ihn seht, so bedeutet dies, daß der Regen vorüber ist. Es wird später noch eine andere Welt sein als diese." Dann sagte er den Menschen, daß sie sich paarweise trennen sollten und sich Wohnplätze suchen. So sind die Menschen über die Welt zerstreut worden.

Die Fluttradition der Miwok, eines kleinen nordkalifornischen Stammes am Clearsee, hat folgende Fassung:

Wekwek stahl Sahte, dem Wiesel sein Muschelgeld. Aus Rache steckte nun Sahte das Land in Brand.

Am Abend kam Wekwek aus dem Rundhaus, das er mit Coyote bewohnte, heraus und sah das Land im Norden in Feuer stehen. Er ging hinein und erzählte seinem Großvater, daß etwas am Clearsee brenne. Olle, der Coyote, antwortete: "Das ist nichts. Die Leute dort verbrennen nur Teichbinsen." Olle wußte, was Wekwek getan hatte und wußte auch, daß Sahte das Feuer gesandt hatte, denn Olle war ein großer Medizinmann und wußte alles. Aber er erzählte Wekwek nicht, was er wußte.

Nach einer Weile ging Wekwek wieder hinaus und sah, daß das Feuer mit großer Schnelligkeit näher heranjagte. Er wurde besorgt, ging zurück und erzählte seinem Großvater, daß das Feuer sehr nahe und sehr heiß sei und sie bald erreicht haben würde. Nach einer kleinen Weile eilte er wieder hinaus, kam zurück und sagte: "Großvater, das Feuer ist nahe; es ist auf dieser Seite des Sees und schrecklich heiß". Olle antwortete: "Das ist nichts; das Volk am Lowersee verbrennt Teichbinsen."

Aber nun wurde das Brüllen des Feuers und die Hitze in dem Rundhause entsetzlich, und Wekwek dachte, daß sie verbrennen würden. Er fürchtete sich so schrecklich, daß er seinem Großvater erzählte, was er getan hatte. Er sagte: "Großvater, ich nahm Sahtes Geld und verbarg es in der Bucht, und nun fürchte ich, daß ich verbrennen werde".

Da nahm Olle einen Sack, ging aus dem Rundhaus und schlug mit dem Sack gegen eine Eiche, und es kam Nebel heraus. Drei Mal schlug er gegen den Baum, und jedes Mal kam mehr Nebel heraus und verbreitete sich ringsum. Dann ging er ins Haus zurück, nahm einen anderen Sack und schlug gegen den Baum, und mehr Nebel kam heraus und zuletzt Regen.

Er sagte zu Wekwek: "Jetzt wird es zehn Tage und zehn Nächte regnen." Und der Regen fiel und bedeckte das ganze Land, bis die ganze Erde, Hügel und Berge unter Wasser standen, ausgenommen die Spitze des Konokti an der westlichen Seite des Clearsees, welcher so hoch war, daß er ein wenig hervorragte.

Da gab es keinen Platz für Wekwek, fortzugehen, und er flog im Regen herum, bis daß er ermüdet war. Zuletzt fand er die Spitze des Konokti, setzte sich darauf und wartete dort. Am zehnten Tag hörte der Regen auf, das Wasser begann zu fallen, und jeden Tag wurde der Berg etwas höher. Wekwek wartete noch eine Woche auf dem Berg, dann war das Wasser verschwunden, und das Land war wieder vorhanden.

Die Na-shi, Ureinwohner Westchinas, haben ihre Flutsage in einer Piktographie festgehalten. Die einzelnen Bilder bedeuten übersetzt:

Fig. 1 Der himmlische Geist (a) ist dargestellt, wie er zwei Menschen ermahnt oder die Vertreter der Menschen, gut zu sein. Im Falle des Gehorsams wird ihnen großes Glück verliehen werden. Wenn sie auf seine Worte nicht hören werden, wird ein Unglück notwendig über sie kommen (b).

Fig. 2 Ein Pferd, das ruhig über den Weg wandert und sich nicht selbst auf Seitenwege begibt, wird keinem Unheil begegnen. Beide, Pferd und Reiter, sind heil und glücklich. Ebenso die, die den Worten des himmlischen Geistes gehorchen.

Fig 3 Einer von den beiden (a) gehorchte, der andere war sehr schlecht. Nun befiehlt der himmlische Geist dem guten Mann, ein Yak zu töten (b), seine Haut zu nehmen (c) und mittels einer sehr scharfen Ahle (d) und fester Fäden (e) einen Sack zu machen. Man erzählt von ihm, daß er auf eine besondere Weise nähte, so daß er einen wasserdichten Sack erhielt (f).

Fig. 4 Nachdem der Sack fertiggeworden ist, ist er an zwei Bäumen (a und b) befestigt worden, dann wurden einige eiserne Werkzeuge (c) ausgesucht und diese mit neun verschiedenen Arten von Samen (d) in den Sack gebracht.

63

Fig. 5 (a) ist der Name von Weizen. (b) ist das Zeichen für Reis. Beides zusammen bezeichnet man als Korn. Nicht nur die neun Arten Korn, sondern auch die Tiere haben in dem Sack Platz gefunden, ein Schaf (c), Hühner (d) und Hunde (e).

Fig. 6 Der schlechte Mann (a), der die Warnung des himmlischen Geistes gehört hat (b) und nicht willens ist, zu bereuen, wünscht ebenfalls, zu entfliehen.

Fig. 7 Sein Plan ist, dem Beispiel des guten Mannes zu folgen. Er beabsichtigt, ein Ferkel (a) zu töten und einen Sack aus seinem Fell zu machen, aber in seiner Dummheit wählt er eine sehr grobe Ahle (b).

Fig. 8 Sein Sack wird ebenfalls an zwei Bäumen befestigt.

Fig. 9, 10, 11. Der gute Mann führt in der Tat den Befehl des himmlischen Geistes aus.

Fig. 12 Der schlechte Mann, der davon hört, tötet sofort ein Schweinchen und macht sich einen Sack in der Hoffnung, so zu entfliehen. Er nimmt keine Tiere mit sich.

Fig. 13 Die Flut kommt. Nicht nur ein Gießbach vom Himmel (a), auch die Bäche in den innersten Teilen der Gebirge (b) haben sich geöffnet und die Wasser strömen hervor. (c) ist der Name für das Gebirge, (d) ist der Mond.

Fig. 14 Ihre Häuser (a) sind jetzt fortgerissen durch die himmlischen Gießbäche (b).

Die Geschichte geht weiter, wie Sonne und Mond sich weigern, für viele Tage Licht zu spenden. Der schlechte Mann wird elend überflutet, aber der himmlische Geist sendet seinen Blitz, der entwurzelt die Bäume, an denen der Sack des guten Mannes befestigt war. Der Sack mit seiner kostbaren Ladung erhebt sich mit den Wassern und berührt die Wolken. Auf diese Weise wurde der Noah der Na-hsi gerettet.

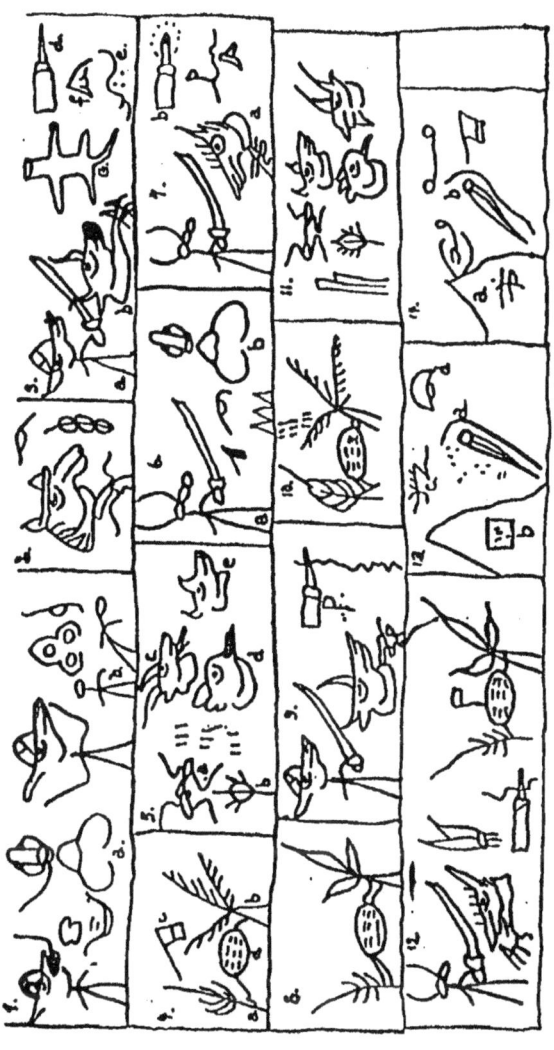

Die Australier verbinden Mond und Sintflut in folgender Erzählung:

Der Habicht Muregu hatte lange als Einsiedler gelebt. In der Einsamkeit hatte er sich viele Bumerangs, Keulen, Speere, Schilde und Decken aus Opossumfell angefertigt. Die Waffen hatte er schön mit einem Opussumzahn beschnitzt und die Decken auf der Innenseite prächtig bemalt. Dann hatte er sich aus einem Emuknochen eine Nadel gemacht, sie eingefädelt und die Decken mit Opossumsehnen zusammengenäht. Der Habicht beschaute nun ganz stolz seine Arbeit.

Da kam der Mond Balu zu ihm und sagte: "Leih mir bitte eine Decke." - "Nein", antwortete der Habicht, "ich verleihe keine Decken." - "Dann verkaufe mir eine." -"Nein, ich verkaufe auch keine." - Balu schaute sich um und erblickte die schön beschnitzten Waffen. "Muregu, so verkaufe mir wenigstens einige Waffen." - "Nein, ich verkaufe niemandem etwas von meinen Sachen." - Wieder sagte Balu: "Die Nacht ist kalt, leih mir doch eine Decke." - "Ich habe dir meine Meinung schon gesagt," entgegnete jener, "ich verleihe meine Decken nicht."

Balu sagte nun nichts mehr, er ging fort, suchte sich einige Rindenstücke und baute daraus eine kleine Hütte. Als sie fertig war und er behaglich darinnen saß, begann es in Sturzbächen zu regnen. Es goß ohne Unterlaß, bis die ganze Gegend unter Wasser stand. Muregu ertrank. Seine Waffen schwammen fort und die Decken verfaulten im Wasser.

Wenn der Mond einen Hof hat, hat er sich nach dem Glauben der Eingeborenen ein Haus gebaut, um sich vor dem nahe bevorstehenden Regen zu schützen.

Eine weitere nordamerikani-
sche Fluterzählung ist die
der Jicarilla-Indianer

Im Anfang war die Erde ganz vom Wasser bedeckt
und alle Lebewesen befanden sich in der Unterwelt.
Damals konnten Menschen, Tiere, Pflanzen und die
Felsen sprechen. In der Unterwelt war es dunkel, und
man brauchte Adlerfedern als Fackeln.

Die Menschen und die Tagestiere wünschten Licht zu
haben, aber die Nachttiere verlangten die Finsternis.

Man beschloß, ein Wettspiel zu machen, und wer
siegte, dessen Wunsch sollte erfüllt werden. Die Menschen siegten, und die Sonne ging auf, so daß es Tag
wurde. Die Menschen da unten konnten vieles nicht
sehen, aber die Sonne stieg empor und sah durch ein
Loch, daß da oben noch eine andere Welt war, die
Erde, und erzählte dies den Menschen, die den
Wunsch hatten, dorthin zu gehen.

So bauten sie vier Wälle, um die obere Welt zu errei-
chen. In den vier Windrichtungen bauten sie je einen
Wall und bepflanzten ihn mit Pflanzen und
Beerenfrüchten von je einer bestimmten Farbe. Diese
Wälle wuchsen empor, und an den Büschen reiften
die Beeren.

Plötzlich hörten die zu Bergen gewordenen Wälle auf
zu wachsen, weil zwei Mädchen hinaufgeklettert waren und Beeren gepflückt und Blumen abgerissen hatten, um sie ins Haar zu stecken. Der Tornado wurde
ausgesandt, um die Ursache des Aufhörens zu ermit-
teln; er brachte die Mädchen nach Hause zurück,
aber das Wachsen hörte auf.

Vergeblich versuchte man, bis an die Erde zu kommen. Eine Leiter aus Federn zerbrach. Aus Büffelhör-

nern gelang es, eine feste Leiter zu machen, aber durch das Gewicht der Menschen sind seitdem die Büffelhörner gebogen.

Als nun die Menschen so hinaufgekommen waren, befestigten sie Sonne und Mond mit Spinnefäden, so daß sie nicht untergehen konnten und schickten sie nach oben, um den Himmel zu beleuchten.

Da bedeckten die Wasser die ganze Erde und vier Gewitterstürme rollten die Wogen vor sich her. Dann kehrten sie zurück zu der Öffnung, wo die Menschen warteten.

Mit Hilfe der Tiere erhalten sie etwas Erde vom Grund, hiermit wird ein Damm gebaut vom Biber, damit das Wasser zum Trinken für die Menschen zurückgehalten wird. Endlich fand die Krähe die Erde wieder trocken, und allerlei Tiere lagen tot auf dem Boden, denen sie die Augen auspickte, bis der Tornado kam und sie zurückholte. Die Menschen waren zornig, daß der Vogel vom Aas gefressen hatte, und machten sein Äußeres schwarz, das vorher grau gewesen war.

Die Erde war nun wieder trocken bis auf die vier Ozeane rundherum und das Loch, wo der Biber das Wasser zurückgedämmt hatte. Die Menschen gediehen wieder und ihre Stämme wandten sich nach den verschiedenen Richtungen. Bloß die Jicarilla blieben um den Platz, wo sie aus der Unterwelt heraufgekommen waren. Dreimal hatten sie ihn umwandert, als der Herr des Himmels darüber sich ärgerte und sie fragte, wo sie sitzen bleiben wollten. Sie antworteten: In der Mitte der Erde. Da führte er sie zu einem Platze nahe bei Taos und ließ sie dort, und die Taos-Indianer lebten nahe dabei.

Häufig gehen den Sintfluten
'Sint'brände - 'Große' Brände voraus, die mit der Sintflut gelöscht werden. Die Erzählung der Maidu, eines
nordkalifornischen Stam-
mes, hat - als einzige Erzählung dieses Buches - aus-
schließlich eine Sintbran-
derzählung zum Thema.

In alten Zeiten, bevor es Menschen gab, zogen die
Tiere südwärts auf der Suche nach Feuer zu einem
brennenden Berg. Nach einer langen Reise kamen
sie dorthin und gingen in den Berg hinein. Während
die meisten Tiere damit beschäftigt waren, das Feuer
zu holen, brachte der Fuchs den Coyoten irgendwo-
hin, daß er kein Unheil anrichten konnte.

Die Tiere kehrten mit dem Feuer zurück. Während der
Wanderung warf es eins dem anderen zu. Coyote sah
sie, entwischte dem Fuchs, eilte den Tieren voraus
und fing das Feuer mit seinem Maule auf. Er verbrannte sich damit und ließ es ins Gras fallen, und im
Nu bereitete es sich überall hin aus. Die meisten Vierfüßler und Vögel verbrannten.

Coyote rannte nach Norden, aber das Feuer war ihm
auf den Fersen. Es verbrannte die Spitze seines
Schwanzes, und er heulte vor Schmerz. Jedes Ding,
an dem er bei seinem Laufe vorbeikam, fragte er:
"Wie wirst du, wenn das Feuer kommt?" Das Erdloch
sagte: "Rotglühend!" Der See antwortete: "Kochend
heiß", und das Buschdickicht meinte: "Ich zerfalle in
Asche!"

Coyote rannte weiter. Bald darauf kam er an einen
hohlen Baumstamm und kroch hinein, ohne zu fragen.

Bald kam auch das Feuer hinterdrein und verbrannte den Baumstamm und mit ihm Coyote; als aber das Feuer ausgegangen war, wurde er wieder lebendig und kehrte dorthin zurück, wo die anderen Tiere lebten.

Afrika kennt nur wenige
Flutsagen, und diejenigen,
die es gibt, sind durch
christliche Missionare dorthin gelangt, dann allerdings
mit eigenen Erfahrungen der
Eingeborenen verbunden.
Von den Massai, Kenia, ist
folgender Bericht bekannt:

Tumbainot war ein frommer Mann, den Gott liebte.
Auf die von Nambija begangene Mordtat hin beschloß
Gott, die Menschen zu vernichten. Nur der fromme
Tumbainot hatte Gnade vor Gott gefunden. Gott befahl ihm, eine Hütte aus Holz, eine Arche, zu bauen
und mit seinen zwei Frauen, seinen sechs Söhnen
und deren Frauen hineinzugehen, sowie einige Tiere
von jeder Art mitzunehmen.

Nachdem Menschen und Tiere im Kasten unterge-
bracht waren und Tumbainot drin auch eine große
Menge Lebensmittel verstaut hatte, ließ es Gott lange
und heftig regnen, so daß eine große Überschwemmung entstand und alle Menschen und Tiere, die au-
ßerhalb der Arche waren, ertranken. Mit Sehnsucht
erwartete Tumbainot das Ende des Regens, denn die
Lebensmittel fingen an, knapp zu werden. Endlich
hörte der Regen auf.

Tumbainot wollte sich nun über den Stand des Wassers unterrichten. Er ließ daher eine Taube aus der
Arche fliegen. Als sie abends sehr ermüdet zurückkam, wußte Tumbainot, daß das Wasser noch sehr
hoch sei und die Taube sich deshalb nicht hatte ausruhen können.

Einige Tage später ließ er einen Aasgeier ausfliegen.
Vorher hatte er ihm einen Pfeil derart an eine der

Schwanzfedern gebunden, daß der Pfeil, sobald sich das Tier bei einem Fraß niedersetzte und ihn nachschleppte, festhaken und mit der betreffenden Feder zusammen verloren gehen mußte. Als der Geier abends zur Arche zurückkam, fehlten ihm Pfeil und Schwanzfeder. Tumbainot ersah daraus, daß der Vogel sich draußen auf ein Aas niedergelassen hatte, die Flut also im Schwinden begriffen sein mußte. Als sich dann das Wasser noch weiter verlaufen hatte, landete die Arche in der Steppe, wo ihr Tiere und Menschen entstiegen.

Beim Verlassen der Arche gewahrte Tumbainot vier Regenbogen am Himmel einen in jeder Himmelsrichtung. Dies galt ihm als Zeichen dafür, daß der Zorn Gottes vorüber war.

Das Popol Vuh, Buch des
Volkes, der Quiché in Gua-
temala, Mittelamerika, berichtet nicht nur von einer,
sondern von zwei Fluten

Die Götter waren, als sie die Tiere erschaffen hatten,
mit diesen unzufrieden, da sie weder sprachen noch
sie verehrten. Sie schufen daher Menschen aus Thon;
doch auch diese Menschen waren sehr unvollkom-
men, sie konnten den Kopf nicht wenden, sprachen
wohl, aber verstanden nichts. Da zerstörten die Götter
durch eine Flut ihr unvollkommenes Werk.

Es folgte nun eine zweite Menschenschöpfung, bei
welcher der Mann aus Holz, das Weib aus Harz ge-
bildet wurde. Diese zweiten Menschen waren wohl
besser als die ersten, doch noch sehr tierisch in ihrem
Wesen; sie sprachen, aber in unverständlicher Weise,
und zeigten sich auch den Göttern nicht dankbar. Da
ließ Hurakan, das Herz des Himmels, brennendes
Harz auf die Erde regnen und ein Erdbeben kommen,
durch welches fast alle damals lebenden Menschen,
wenige ausgenommen, zugrunde gingen. Die wenigen Überlebenden aber wurden zu Waldaffen.

Endlich bildeten die Götter aus gelbem und weißem
Mais zum dritten Mal Menschen, die so vollkommen
waren, daß die Götter selbst darüber erschraken; sie
nahmen ihnen daher wieder einige Eigenschaften,
und so wurden normale Menschen daraus, von denen
die Quiché abstammen.

Die Wogulen, aus deren
Sagenschatz bereits eine
Erzählung über eine verhin-
derte Flut hier vorliegt
(Erzählung Nr. 10), kennen
auch eine über eine zukünftige Flut.

Die erschaffene Welt wird nicht ewig sein und wird
untergehen durch eine Sündflut, die dadurch entste-
hen wird, daß Numi, um sich zu verjüngen, ein Bad
nehmen wird. Nach diesem Bade wird sich das Wasser in eine flüssige Feuermasse verwandeln, die so
hoch steigen wird, daß bis zum Himmel nicht mehr als
eine Entfernung von der Länge eines Schwanenhal-
ses übrig bleibt.

Sieben Jahre vor Eintritt dieser Ereignisse werden
sich alle kul's und menkv's wegen der ihnen bevorstehenden großen Arbeit in die Unterwelt begeben
und auf dem Wege alle Begegnenden auffressen.
Sieben Tage vor der Sündflut wird fortwährend Don-
ner zu hören und ein erstickender unangenehmer Ge-
ruch zu spüren sein.

Was aber die Sündflut selbst anbetrifft, so wird sie
genau so lange dauern, wieviel man für das Abko-
chen des Fischrogens braucht, d.h. nicht über eine
Stunde; dank dieser Schnelligkeit werden die Menschen fast alle umkommen; retten werden sich nur
diejenigen, welche die Zeit gehabt haben werden,
sich Flöße aus sieben Schichten Espenholz anzuferti-
gen: davon werden sechs Schichten verbrennen, die
siebente aber übrig bleiben. Auf diesen Flößen müssen Zelte sein, die aus Stör- und Sterlethaut gemacht
sind; außerdem müssen sich da selbst auch Seile
befinden, die aus Sandweidenruten geflochten und
mindestens dreihundert Klafter lang sind.

Zu dieser Zeit werden die Mücken, Moskitos und Ameisen die Größe von Zobeln erreichen, auf der Oberfläche des Wassers herumschwimmen und diejenigen vernichten, die nicht für die Anfertigung einer dichten Zeltdecke gesorgt haben.

Nach der Sündflut werden diejenigen auferstehen, deren Frist des Schattendaseins abgelaufen ist, diejenigen z.B., die vor dreißig Jahren im Alter von dreißig Jahren verstorben sind. Auf solche Weise wird die ganze Welt aus Menschen, die sich vor der Sündflut gerettet haben, und aus solchen, deren Frist abgelaufen ist, bestehen.

Dann steigt vom Himmel Numi herab und beginnt das Gericht. Worin das Gericht bestehen wird und was für Belohnungen und Strafen die Sünder und Gerechten erwarten, ist nicht genau bekannt. Nachdem sie hierauf noch ebensoviel gelebt haben, wie lange sie auf Erden gelebt haben, die am Leben Gebliebenen aber soviel, wieviel sie vor der Sündflut gelebt hatten, verwandeln sich alle zuerst in ker chomlach und dann in Staub, was eben das Zeichen des endgültigen Weltendes sein wird.

Dem Geschichtswerk ‚Japa-
nische Geschichten' ist die
Erzählung über die feindli-
chen Brüder Hosusori und
Hohodemi entnommen.

Ninigi no mikoto, der Enkel der Sonnengöttin, hatte
zwei Söhne, Hosusori und Hohodemi, die anfangs
gemeinsam über das Land herrschten. Als die beiden
Brüder das Erbe des Vaters unter sich teilten, erhielt
der Ältere die See, der Jüngere das Gebirge.

Hohodemi, der Jäger, ging nun fast alle Tage auf die
Jagd und brachte reiche Beute heim, während Hosusori nicht immer auf die See hinausfahren konnte, um
Fische zu fangen, war es doch oft stürmisch und sehr
gefahrvoll auf dem Meere.

Hierüber ärgerte sich Hosusori; er machte daher seinem Bruder eines Tages den Vorschlag, mit ihm zu
tauschen und ihm die Jagd anstatt des Fischfanges
zu überlassen.

Hohodemi war damit einverstanden, übergab seinem
Bruder Bogen und Pfeil und ließ sich dafür dessen
Angelhaken geben. Hosusori aber konnte, da er vom
Waidwerke nichts verstand, aus der Jagd nicht viel
Nutzen ziehen, und ebensowenig vermochte Hoho-
demi den Fischfang in richtiger Weise auszuüben. Es
dauerte nicht lange, da verlor Hohodemi bei seinen
fruchtlosen Angelversuchen den Angelhaken seines
Bruders. Er war auf den Grund des Meeres gefallen
und nicht wieder zu erlangen.

Als die beiden Brüder am Abend wieder in ihrer Hütte
zusammenkamen, gab Hosusori seinem Bruder den
Pfeilbogen zurück mit den Bemerken, daß er ihm
nichts nützen könne; dabei forderte er von seinem

Bruder den Angelhaken zurück, den er ihm überlassen hatte.

Als er aber erfuhr, daß der unwiederbringlich verlorengegangen sei, ward er sehr zornig und verlangte ungestüm seinen Angelhaken zurück. Hohodemi war darüber sehr betrübt; er nahm daher sein gutes Schwert, zerbrach es in eine Menge kleiner Stücke und schmiedete daraus fünfhundert Angelhaken, die er seinem Bruder anstatt des einen verlorenen anbot. Der aber wollte sie nicht annehmen, wurde immer ungebärdiger und forderte unter lautem Schelten seinen Angelhaken zurück.

Hohodemi ging davon und wußte sich nicht zu helfen. Als er betrübt am Ufer des Meeres entlang ging, bemerkte er eine Wildgans, die sich in einer Schlinge gefangen hatte und sich nicht daraus zu befreien vermochte. Hohodemi ging herzu und befreite die Wildgans aus der Schlinge.

Kaum hatte sich die Wildgans wieder in die Luft erhoben, da erschien der Greis der Salzerde, ein Gott des Seestrandes, vor Hohodemi und fragte ihn, warum er so traurig sei. Hohodemi erzählte dem Alten den ganzen Hergang und zeigte sich so aufrichtig betrübt über den Vorfall, daß jener ihm zu helfen versprach.

Der Greis der Salzerde flocht nun sogleich einen dichten Korb, der keine Maschen hatte, setzte den Hohodemi hinein und ließ dies Schiff mit seinem Insassen aufs Meer hinausfahren. Der Korb sank bald unter, auf den Grund des Meeres; dort schwamm er weiter und machte schließlich vor einem schimmernden Palast halt. Davor war ein Brunnen und ein Zimtbaum, wie ihm der Greis erzählt hatte, und der Prinz verbarg sich, nach der Weisung des Alten, in den Zweigen dieses Baumes.

Da trat die Tochter des Meergottes aus dem Palaste heraus, eine schöne Jungfrau mit Namen Toyo-tamahime; sie kam mit einer Edelsteinschale zu dem Brunnen, um daraus Wasser zu schöpfen. Als sie sich gerade über den Rand des Brunnens beugte und die Schale eintauchen wollte, erblickte sie das Spiegelbild Hohodemis im Wasser, sie erschrak darob so sehr, daß sie die Schale hineinfallen ließ, so daß sie zerbrach.

Darauf ging Toyo-tamahime in den Palast zurück und berichtete ihrem Vater von dem, was sie gesehen. Sie erzählte ihm, auf dem Zimtbaume am Brunnen sitze ein herrlicher Gott, dessen Spiegelbild man im Wasser sehen könne. Ihr Vater, der Meergott, wußte sogleich, von wem die Rede war und sprach: "Das ist ohne Zweifel der Enkel der Sonnengöttin Amaterasu."

Er ging darauf zum Brunnen, bewillkommnete den Hohodemi und lud ihn in seinen Palast ein. Hohodemi kam von dem Baume herab und folgte dem Meergott in dessen Palast. Der Meergott aber ließ achtfache Matten für den vornehmen Gast ausbreiten, lud ihn zum Sitzen ein und fragte ihn, was ihn herführe.

Darauf erzählte Hohodemi dem Meergotte ausführlich von dem Verlust des Angelhakens, sowie von allem, was sich seitdem ereignet hatte. Da ließ der Meergott sämtliche Fische herbeikommen, und alle kamen herzu, außer dem Tai-Fisch, einem roten Fische. Da ließ der Meergott ihn fragen, warum er seinem Befehle nicht gehorsam sei und nicht komme. Da kam der Tai langsam und klagend herbeigeschwommen und entschuldigte sich vielmals. Er sei ganz krank und könne sich kaum bewegen. Da ließ der Meergott einen Arzt kommen, der den Tai untersuchen mußte, und siehe da, im Maule des Tai fand sich der verlorene Angelhaken, der dem Fische arge Schmerzen verursacht hatte. Wer war froher als Hohodemi, als er den verlorenen Angelhaken zu Gesicht bekam!

Der Meergott lud indessen den Hohodemi ein, noch längere Zeit bei ihm zu verweilen, was dieser auch annahm. Auch gab ihm der Meergott seine schöne Tochter, die Toyo-tamahime, zur Frau, so daß er zunächst nicht daran dachte, heimzukehren und drei Jahre drunten im Palast des Meerkönigs am Meeresgrunde verblieb.

Dann aber wurde er von großem Heimweh ergriffen und seine gute Laune schwand dahin. Als dies die Prinzessin bemerkte, erzählte sie ihrem Vater davon. Der Meergott sagte ihr, daß es Heimweh sein müsse, woran ihr Gemahl leide, und forderte ihn auf, heimzukehren, worüber jener sehr froh war.

Nun berief der Meergott die Meerdrachen, seine Diener, und diese kamen auch herbei. Man fragte sie, wie lange es dauern könne, den Hohodemi wieder ans Land zu bringen; darauf antworteten die Drachen, die acht Klafter lang waren, sie würden acht Tage dazu gebrauchen, doch die kleineren, rascheren, meinten, es würde eine kürzere Zeit dauern, und der kleinste gar, der nur einen Klafter lang war, erbot sich, den Hohodemi in einem Tage heimzubringen.

Dieser kleine Drache wurde daher dazu ausersehen, und der Meergott übergab Hohodemi den Angelhaken und dazu noch die beiden Perlen, die Ebbe und Flut regieren. Darauf belehrte ihn der Meergott darüber, wie er diese Perlen zu gebrauchen habe, um seinen Bruder für dessen Hartherzigkeit zu bestrafen.

Auch sprach er zu ihm folgende Worte: "Wenn du deinem Bruder den Angelhaken zurückgibst, so sage: Du armer Haken, du unglücklicher Haken, du trauriger

Haken! Darauf wende dich rasch von ihm ab, um deinen Worten, die Unglück bringen, auszuweichen. Auch sollst du immer nur hochliegende Felder bebauen, wenn dein Bruder solche bebaut, die niedrig liegen, und umgekehrt, wenn dein Bruder hochgelegene bepflanzt, so sollst du niedriggelegene bepflanzen. Wenn du meinem Rate folgst, dann werde ich dich reichlich segnen, herrsche ich doch über die Gewässer, so daß du stets im Vorteil sein wirst und dein Bruder nach drei Jahren völlig verarmen wird."

Hierauf bedankte sich Hohodemi bei seinem gütigen Wirte für die gute Aufnahme sowie für dessen freundliche Hilfe mit Rat und Tat, verabschiedete sich von ihm und seiner Gattin, bestieg den Rücken des Drachen und ließ sich davontragen.

In einem Tage gelangte er richtig an die Küste; da nahm er sein kurzes Schwert, um es dem Meergotte zu schenken und ihm dadurch seine glückliche Ankunft anzuzeigen; er band es daher dem Drachen um den Hals und sagte ihm Lebewohl. Deshalb heißt dieser Drache noch heute "Schwertträger"

Als Hohodemi nach Hause kam, wurde er von seinem Bruder sehr unfreundlich empfangen, auch nahm der den wiedergefundenen Angelhaken ohne ein Wort des Dankes entgegen. Da sprach Hohodemi bei der Übergabe des Angelhakens die Worte, die ihm der Meergott zu sprechen anempfohlen hatte. Und nicht lange währte es, da wurden die Felder des Hosusori unfruchtbar, sie verdorrten, sobald er sie auf dem Hochlande anlegte, und wurden überschwemmt, wenn er sie im Tieflande anbaute.

Währenddessen gediehen die Äcker des Hohodemi vortrefflich wodurch Hosusori in großen Zorn geriet. Eines Tages rüstete sich Hosusori kriegerisch und zog heran, um seinen Bruder zu bekämpfen. Als dieser ihn herbeikommen sah und merkte, was er im Schilde führte, nahm er die Perle, die die Flut regierte und tauschte sie in die See. Da wallte das Meer empor und überflutete das Land, so daß Hosusori vor dem Wasser fliehen mußte; zuerst rettete er sich auf einen Hügel, dann auf einen hohen Baum, der auf diesem wuchs. Als ihm jedoch auch dies nichts half, bat er seinen Bruder, die Flut aufhören zu lassen, dafür wollte er sein Diener sein, und auch seine Nachkommen sollten bis zum achtzigsten Geschlecht ihm und seinen Kindern dienen.

Als Hohedemi dies vernahm, tauchte er die Perle, die die Ebbe verursachte, ins Meer, und das Wasser verlor sich ebenso schnell, wie es gestiegen war. Hosusori bat nun zwar seinen Bruder, dessen Macht er zu fürchten begann, um Verzeihung, doch traute ihm dieser noch nicht ganz. Doch Hosusori wiederholte sein Versprechen, verkleidete sich als Possenreißer, bemalte sich mit roter Farbe und führte einen komischen Tanz auf, durch dessen Gebärden er seine Anstrengungen, dem steigenden Wasser zu entgehen, wiedergab. Da mußte Hohodemi lachen und reichte ihm die Hand zur Versöhnung.

Die Papuas auf Neuguinea kennen die Sage vom König der Schlangen

In alten Tagen war eine große Flut, und die Wasser des Meeres erhoben sich und bedeckten die Erde. Die Einwohner vieler Länder ertranken, und die See stieg immer höher, bis die Hügel bedeckt waren. Da fürchteten die Feen, die Elfen, die Baumgeister und die Schlangen für ihr Leben und flüchteten auf den Gipfel des Tauaga, des höchsten Berges dort.

Aber auch dorthin folgte ihnen das Wasser. Es stieg schnell den Berg hinan, so daß es vor ihnen den Gipfel des Berges erreichen mußte. Und sie waren alle entsetzt, als sie das Wasser sahen. Nur Raudalo, der König der Schlangen, sah nicht auf das Wasser, als er auf dem Gipfel des Tauaga weilte, und fürchtete sich nicht, wie die andern taten. Zuletzt sagte er zu seinen Dienern: "Wo ist jetzt das Wasser?" und sie antworteten: "Herr, es steigt noch immer." Und nach einer Welle fragte er wieder dasselbe, und sie antworteten ihm wie vorhin. Und wieder fragte er sie: "Wo ist das Wasser jetzt?" Aber diesmal antworteten sie alle, die Schlangen Titico, Dubo und Anauri, zugleich: "Herr, es ist schon hier und gleich wird es dich berühren."

Da wandte sich Raudalo um und stieß seine gespaltene Zunge hervor und berührte damit das zornige Wasser, das im Begriff war, ihn zu bedecken. Und mit einem Male stieg die See nicht mehr, sondern begann am Abhang des Berges abzufließen. Da war Raudalo nicht zufrieden, und er folgte der Flut den Hügel hinab, und immer wieder stieß er seine gespaltene Zunge hervor, damit das Wasser auf seinem Wege nicht verzöge. So kamen sie den Berg herab und über das ebene Feld, bis die Seeküste erreicht war. Und das

Gewässer lag wieder in seinem Bett und die Flut
stand.

Aber Raudalo fürchtete sich, wegzugehen, damit die
Gewässer nicht wieder zu steigen begönnen. Und
darum nahm er seinen Aufenthalt in einer Korallen-
höhle in den Klippen von Quarara und verharrt dort
bis an diesen Tag und gibt Obacht auf die See.

Und wenn die Wellen groß sind und die Menschen
eine Flut fürchten, dann kommt Raudalo hervor aus
seiner Höhle und wiederholt einen Zaubergesang,
und wenn die Flut den hört, dann ist sie still, und die
Furcht der Menschen vergeht in Rührung.

Von den Fidschi-Inseln ist folgende Geschichte bekannt:

Die große Schlange wohnt auf dem Berge Kauwandra. Ihre Gunst macht den auserwählten Stamm reich, der allein die Kunst des Bootbauens versteht. Aber die Göttin ist eine strenge Herrin; wenn sie morgens erwacht durch den Ruf ihrer Lieblingstaube, ruft sie die Menschen zur Arbeit. Deshalb haßten der Häuptling der Bootbauer, Rokola, und sein Bruder Kausambaria die Taube und beschlossen, sie zu töten. "Und wenn dann die Große Schlange böse wird," sprachen sie, "dann wird sie eben böse, wir werden sie bekriegen, denn wir sind viele und stark, und sie ist allein, wenn sie auch ein Gott Ist."

So erschoß Rokola die Taube. Die Große Schlange aber erkannte Rokolas Pfeil und rief mit fürchterlicher Stimme: "Wehe dir, Rokola! Wehe euch allen! O, ihr undankbaren Bootbauer, ihr habt mir meine Taube getötet. Jetzt werde ich das Reich von euch nehmen und es den Leuten vom Bau schenken. Und ihr sollt unter die Bewohner von Fidschi verstreut werden und fortan Sklaven sein."

Die Bootbauer aber bauten einen starken Kriegswall, und die Große Schlange auf dem Berge machte sich über die Leute lustig und rief: "Baut euren Wall nur recht stark, bis zum Himmel hinauf, ein Gott ist euer Feind!"

Als der Bau beendet war, rief Rokola über das Tal hinweg: "Wir sind fertig, laßt uns kämpfen, damit unsere Kinder später erzählen können: Unsere Väter haben die Große Schlange verzehrt, das war ein Gott, der oben auf dem Kauwandra lebte."

Jetzo kannte die Wut des Gottes keine Grenzen mehr; er schleuderte seine Keule hoch in den Himmel hinein; die Wolken barsten und eine unheimliche Regenflut ergoß sich über die Erde. Der Regen hielt viele Tage an; es war kein Regen, wie er heute auf die Erde herabkommt, es goß in wahren Strömen, auch das Meer stieg und überflutete das Land. Endlich wurde auch der Kriegswall der Bootbauer samt der Stadt und allen Menschen fortgespült; es sollen gegen 2000 Menschen gewesen sein, die auf Bäumen, Flößen und Booten trieben, während Rokola und viele andere ertranken. Jene aber schwammen auf den Wassern hier- und dorthin, schließlich landeten sie auf den Bergspitzen, die aus den Wassern hervorragten, und bei den Menschen, die vor dem Wasser dorthin geflohen waren, bettelten sie um ihr Leben.

Als das Meer zurücktrat, nahm man sie mit in die Täler der verschiedenen Königreiche hinab. Dort wurden sie Sklaven der Häuptlinge und bauen ihnen ihre Boote bis auf den heutigen Tag.

Die Fluterzählung der Washo - ebenfalls ein nordkalifornischer Indianerstamm - die auf der Sierra Nevada wohnen, lautet:

Einst besaßen ihre Stämme die ganze Erde, waren stark, groß und reich. Aber eines Tages kam ein Volk dahin, das stärker war als sie, schlug und unterwarf sie. Darauf sandte der Große Geist eine gewaltige Woge von der See aus über das Land, die Sieger und Besiegte bis auf einige wenige verschlang. Dann ließen die Vögte das übriggebliebene Volk einen großen Tempel bauen als Zufluchtsort gegen eine zukünftige Flutwelle. Auf der Spitze dieses Tempels verehrten die Herren eine Säule von ewig brennendem Feuer.

Nach einem halben Monat wurde die Erde wieder heimgesucht; dies Mal von einem starken Erdbeben und Gewittern. Die Herrschenden nahmen ihre Zuflucht zu dem großen Turm und schlossen das Volk aus. Die armen Sklaven flüchteten zum Humboldtfluß, stiegen in Boote und kämpften um ihr Leben gegen alles Fürchterliche, was sie ringsum sahen. Die Erde wurde hin und her geworfen wie eine erregte See und stieß Feuer, Rauch und Asche aus. Die Flammen schlugen bis zum Himmel und schmolzen viele Sterne, so daß sie wie flüssiges Metall herniederregneten. So entstand das Gold, das die weißen Menschen suchen.

Die Sierra wurde aus dem Schoß der Erde herausgewälzt; aber der Turm versank, so daß nur noch die Kuppel über das Wasser des Tahoesees hinwegragt. Die Bewohner des Tempelturmes klammerten sich an seine Kuppel, um sich vor dem Ertrinken zu retten. Aber der Große Geist ging in seinem Zorn auf das Wasser, ergriff die Bedrücker einen nach dem anderen wie Kieselsteine und warf sie in die Tiefen einer großen Höhle auf der Ostseite des Sees, die heute Geisterhöhle heißt, wo das Wasser sie einschloß. Dort müssen sie bleiben, bis ein letzter großer vulkanischer Brand, der die ganze Erde überschwemmen wird, sie wieder befreit. In den Tiefen ihres Höhlengefängnisses kann man sie noch klagen und jammern hören, wenn der Schnee schmilzt und das Wasser im See steigt.

Eine Überlieferung von den
Leeward-Inseln - der westlichen Gruppe der Gesell-
schaftsinseln - ist insbesondere mit der Insel Raiatea
verbunden.

Einst ruhte Ruahatu, der Neptun der Südseeinsula-
ner, zwischen Korallenfelsen in der Tiefe des Ozeans
an einer Stelle, die, weil sie sein Aufenthalt, als heilig
galt. Ein Fischer, der dieses Tabu entweder nicht
kannte oder mißachtete, schiffte mit seinem Kahne in
dem verbotenen Wasser umher und warf seine Angel
zwischen den Korallen aus. Da verfing sich der Haken
im Haare des unten schlafenden Gottes. Als der Fischer nun seine Angel wieder einziehen wollte, fand
er Widerstand und mußte lange ziehen, bis endlich
die Schnur in die Höhe schnellte, gleich darauf aber
der im Schlaf durch ihn gestörte und erzürnte Gott an
der Oberfläche erschien.

Nachdem er dem Fischer sein Vergehen, Bruch des
Tabu, vorgeworfen, erklärte er, daß das Land nun ein
sündhaftes sei und zerstört werden müsse. Da warf
sich der erschreckte Fischer vor dem Meergotte nieder und flehte seine Verzeihung an, indem er ihn
gleichzeitig bat, doch das angekündigte Übel nicht
auszuführen oder ihn entrinnen zu lassen.

Ruahatu hatte ein gnädiges Einsehen und befahl dem
Fischer nach Hause zu Weib und Kind zu eilen und
sich mit ihnen nach dem kleinen Eilande Toa-marama
zu begeben, das innerhalb der Riffe auf der Ostseite
von Raiatea gelegen ist. Hier würde er sicher sein,
während alle umliegenden Inseln untergehen würden.

Der Mann vollführte schleunigst den Befehl und be-
gab sich mit Weib, Kind und einem Freunde nach

dem Inselchen, wohin er zugleich die einzigen Haustiere der Inseln, Hunde, Schweine und Hühner mitnahm. Noch vor Tagesschluß erreichten sie die Insel, und als die Sonne am nächsten Morgen aufging, begannen die Wasser des Ozeans zu steigen, die Eingeborenen am Strande verließen ihre Hütten und retteten sich in die Gebirge. Aber das Wasser stieg den ganzen Tag und die folgende Nacht, so daß nur die äußersten Spitzen der Berge über der weiten Meeresfläche emporragten. Aber auch über diese gingen schließlich die Wogen hinweg und alle Einwohner ertranken.

Als dann die Wasser sich wieder verliefen, verließ der Fischer mit seinen Gefährten seine Zufluchtstätte, siedelte nach dem Hauptlande über und wurde der Stammvater der gegenwärtigen Einwohner.

Die Cheyenne, die auch zu den Algonkin gehören, berichten in einer recht realistischen Form von der Flut.

Im Anfang schuf der Große Geist ein schönes Land im fernen Norden. Dort gab es keine Winter mit Eis und Schnee und bitterer Kälte. Es sproßte und grünte immer, wilde Früchte und Beeren gab es überall, und große Bäume beschatteten die klaren Bäche, welche das ganze Land durchströmten.

In dies schöne Land setzte der Große Geist Tiere, Vögel, Insekten und Fische aller Art. Dann schuf er Menschen und setzte sie in das Land, damit sie mit den anderen Geschöpfen zusammen lebten. Jedes Tier, ob groß oder klein, jeder Vogel, jeder Fisch und jedes Insekt konnte reden und verstand die Menschen, die der Große Geist gesandt hatte, um unter ihnen zu leben.

Für sie gab es nur Freunde, sie hatten eine gemeinsame Sprache. Die Menschen gingen nackt. Sie lebten von Honig und wilden Früchten und hungerten niemals. Sie gingen überall umher mitten unter den Tieren, und wenn die Nacht kam und sie müde wurden, legten sie sich ins frische Gras und schliefen. Tagsüber wanderten sie mit den anderen Geschöpfen, für die sie alle Freunde waren, und mit denen sie ein Volk bildeten.

Der Große Geist schuf drei Arten von Menschen. Die ersten hatten Haare am ganzen Körper; die zweiten, Menschen mit weißer Hautfarbe, hatten auf dem Kopf, im Gesicht und an den Beinen Haare; die dritten, rote Menschen, hatten nur auf dem Kopf lange Haare.

Das behaarte Volk war sehr stark und tätig. Das weiße Volk mit den langen Bärten war verschmitzter und schlauer als alle in dem glücklichen Land. Das rote Volk war fleißig und konnte sehr schnell laufen. Der Große Geist lehrte sie den Fischfang, und sie nährten sich davon, kein Mensch kannte den Fischgenuß.

Eine Zeitlang danach verließ das behaarte Volk das Nordland und wanderte nach Süden, wo alles Land unfruchtbar war. Das rote Volk folgte ihm nach Süden. Auch das Volk mit den langen Bärten verließ das Nordland, aber niemand weiß, wohin sie gewandert sind, und daher glaubt man heute, daß sie die Ahnen der Weißen sind.

Bevor der rote Mann das schöne Land verließ, sprach der Große Geist mit einem von ihnen und segnete ihn und sein Volk. Der Große Geist befahl ihm, alle roten Männer auf einem bestimmten Platz zusammenzurufen. Das rote Volk kam, und das war das erste Mal, daß sie alle zusammen waren. Als sie alle versammelt waren, segnete der Große Geist sie und gab ihnen etwas Medizingeist, um ihren schlafenden Verstand zu wecken. Von jener Zeit an schienen sie Verstand zu besitzen und zu wissen, was sie taten.

Der Große Geist sprach wieder mit einem von ihnen und befahl ihm, das Volk zu lehren, sich im Bund zusammenzuschließen und so ihre Macht auszunutzen, ferner, sich in Panther-, Bären- und Hirschfelle zu kleiden. Der Große Geist gab ihnen Kraft, gewisse, im Norden vorkommende Arten von Feuerstein zu bearbeiten und andere Steine, die noch keine Form hatten. Sie machten aus Steinen Schalen, Töpfe, Steinäxte, Pfeil- und Speerspitzen. Den Feuerstein machten sie zu Pfeil- und Speerspitzen.

Nachdem der Große Geist die roten Menschen zu-
sammengerufen hatte, blieben sie später für immer
beisammen. Sie verließen das glückliche Land im
Norden und wanderten südwärts, in derselben Rich-
tung, die das behaarte Volk eingeschlagen hatte. Das
behaarte Volk blieb nackt, aber das rote Volk kleidete
sich, weil der Große Geist es ihnen gesagt hatte.

Als der rote Mann kam, hatte sich das behaarte Volk,
das vor der Zerstreuung abgezogen war, Wohnungen
in hohen Hügeln und in großen Höhlen auf den Bergen gemacht. Der rote Mann sah den behaarten sel-
ten. Die Behaarten flüchteten immer in ihre Höhlen,
wenn der rote Mann kam, sie zu besehen. In ihren
Höhlen hatten sie Betten aus Blättern und Pelzen. Sie
kannten auch die Töpferei und besaßen Steingeräte
ähnlich wie die des roten Mannes. Aber das behaarte
Volk wuchs an Zahl nicht, sondern nahm ab, bis es
zum Schluß ganz verschwunden war.

Als der rote Mann das Nordland verlassen hatte und
zum Süden gewandert war, wo das Land unfruchtbar
war, da redete der Große Geist abermals mit einem
von ihnen und befahl durch ihn dem Volk, nach Norden zurückzukehren, denn das Südland sollte bald
überflutet werden. Als sie in das glückliche Land zu-
rückkehrten, waren die langbärtigen Menschen mit
weißer Haut und einige von den wilden Tieren von
dort abgewandert. Sie konnten nicht mehr mit den
Tieren reden, aber sie beherrschten sie alle und
zähmten Panther, Bär und andere Vierfüßler für den
Wildfang. Sie wuchsen an Zahl und wurden ein großes und mächtiges Volk.

Und abermals verließen sie das schöne Land und
zogen südwärts. Das Wasser hatte sich verlaufen,
Gras und Bäume waren gewachsen, und das Land
war schön wie das verlassene Nordland.

Lange Zeit lebten sie im Südland, aber eine zweite Flut zerstreute die roten Menschen hierhin und dorthin. Nach einiger Zeit verlief sich das große Wasser, und das Land wurde trocken; aber der rote Mann kam niemals mehr zusammen, sondern streifte in kleinen Scharen umher, wie er es am Anfang tat, ehe der Große Geist ihn einigte.

Die letzte Flut zerstörte alles, und der rote Mann war nahe daran zu verhungern, so daß sie beschlossen, zu ihrer alten Heimat Im Norden zurückzukehren, bevor sie ganz fertig und erledigt waren. Als sie das Nordland erreicht hatten, fanden sie es ganz unfruchtbar, es gab keine Bäume, keine Tiere dort, keine Fische im Wasser. Als der rote Mann seine alte glückliche Heimat sah, schrie er laut, und Frauen und Kinder weinten.

Dies trug sich am Anfang zu, als der Große Geist uns erschaffen hatte. Nach vielen hundert Jahren, gerade bevor die Winterszeit kam, bebte die Erde, und die hohen Berge stießen Feuer und Rauch aus. Als die Winterszeit kam, da kamen große Fluten. Alle roten Männer und Frauen hatten Pelze zum Anziehen und lebten in Höhlen, weil der Winter lang und kalt war. Er zerstörte alle Bäume, aber wenn der Frühling kam, da grünte alles von neuem. Der rote Mann hatte viel zu leiden und wäre fast verhungert, wenn nicht der Große Geist Mitleid mit ihm gehabt hätte. Er gab ihm Korn zum Pflanzen und Büffel zum Essen. Seit dieser Zeit hat es keine Fluten und keine Hungersnot mehr gegeben. Das Volk wuchs und vermehrte sich: es entstanden verschiedene Gruppen mit verschiedenen Sprachen, denn nach der zweiten Flut war das Volk niemals mehr geeinigt.

Die Ostpomo von der Küste
Nordkaliforniens sehen Co-
yote als Widersacher zum
Schöpfer Marumda

Die ersten Menschen wurden grausam, denn sie hatten zu viel Macht; sie konnten fliegen, und sie konnten
kriechen. Sie begannen Incest miteinander zu bege-
hen. Marumda sagte, daß die großen Wasser über sie
kommen und alle Menschen vernichten würden. Es
geschah auch so. Nur wenige Familien überlebten die
Flut. Die Biber- und die Otternfamilie kamen nicht um.
Die Familien wurden so genannt, weil sie sich in diese
Tiere verwandeln konnten, wenn sie es wünschten.
Sie konnten sich aber nicht in irgend eine andere Tier-
art verwandeln. Sie blieben am Leben, weil sie inmit-
ten der Wasser leben konnten.

Als die Flut sich verlaufen hatte, erschien Coyote. Das
Wetter war noch mild, das Meer war noch glatt, und
die Menschen erhielten ihre Nahrung zu leicht. Da
kam Coyote herein und wirbelte das Meer auf. "So
sollst du dich benehmen", sagte Coyote zum Ozean.
Und so begann der Wassergeist Wogen zu machen,
und der Wind begann zu blasen. Marumda kam, um
die Dörfer zu inspizieren. Er sagte den Menschen,
daß sie es besser machen müßten als die erste Ras-
se. "Wenn ihr so wie die ersten Menschen handelt,
werde ich euch auch vernichten" sagte er.

Nach einer langen Zeit verletzten die Menschen wiederum die Gesetze der Ehe, der Jagd und des
Fischfanges. Marumda sandte deshalb ein wildes
Feuer über die Erde hin. Als das Feuer kam, rannten
einige Menschen ins Wasser, aber das Wasser
begann zu kochen und tötete die Menschen so.
Einige Menschen stiegen auf hohe Bäume, aber auch
die Bäume fingen Feuer. Als das Feuer sie zu
vernichten begann, riefen die Menschen Marumda an,

die Menschen Marumda an, sie zu retten. Aber Marumda antwortete: "Wie kann ich euch retten, wenn ich selber verbrannt werden soll?" Jedoch Spinne kam daher und nahm Marumda auf ihr Netz. So wurde er gerettet.

Nachdem Marumda so viel vernichtet hatte, als er wünschte, nahm er den Menschen die Macht, ihre Formen zu verändern. Seit dieser Zeit waren die Menschen wirkliche Menschen und konnten nicht länger Tiere werden, die Tiere wurden wirkliche Tiere und konnten nicht länger Menschen werden.

Die Geschichte der Nava-
hos, ebenfalls ein nordame-
rikanischer Indianerstamm,
lautet:

Die Menschen sind sehr böse, so daß die Gottheiten
der verschiedenen Länder sie nicht bei sich aufneh-
men wollten. Endlich ereignete es sich eines Morgens, als sie aufstanden, daß im Osten etwas erschien, ebenso im Süden, Norden, Westen, es war
wie eine Bergwand ohne Lücke, das sich rings um sie
ausdehnte. Es war Wasser, was sich um sie herum
befand, es war undurchschreitbar, unüberfahrbar, und
alles flüchtete. Sie liefen im Kreise herum bis dahin,
wo sie den Himmel erreichten. Das Wasser war ruhig,
sie sahen herab, und das Wasser war gestiegen, so
daß nichts mehr zu sehen war als Wasser. Während
sie ringsum flohen, stieß einer mit einem blauen Kopf
seinen Kopf durch den Himmel herunter und rief ihnen
zu: Hier im Osten ist ein Loch. Da gingen sie in das
Loch hinein und gelangten hindurch auf die Oberfläche der zweiten Welt.

Danach ereignete sich eine zweite Flut. Eines Tages
sehen die Menschen, wie die Tiere alle von Ost nach
West rennen, tagelang. Am vierten Tage, als das Ta-
geslicht sich erhob, sahen die Menschen im Osten
einen starken, weißen Glanz, und sie senden Heu-
schrecken aus als Läufer, die zusehen sollen, was da
los ist. Diese kommen vor der Nacht zurück und berichten, daß eine gewaltige Wasserflut herannaht. Die
Menschen versammeln sich und beklagen ihr Schicksal. Am anderen Morgen ist die Flut da, wie ein Gebirge den ganzen Horizont, außer im Westen einneh-
mend. Die Menschen packen ihre Habseligkeiten auf,
und eilen auf einen Berg. Hier halten sie eine Ver-
sammlung ab. Vielleicht können zwei Eichhörnchen
ihnen helfen! Wir wollen sehen, was wir tun können,
antworten diese. Eins pflanzt eine Fichte, eins einen

Wacholder, und diese wachsen so schnell, daß die Menschen hofften, sie würden so schnell wachsen, daß die Flut ihre Spitzen nicht erreichen würde, und daß sie hier eine Zuflucht finden würden.

Aber nachdem die Bäume noch etwas gewachsen waren, trieben sie Zweige und hörten auf zu wachsen. Dann riefen die verängstigten Menschen die Wiesel. Eins von diesen pflanzte einen Fichtensamen, das andere einen Tannensamen, aber die Sache lief ebenso ab.

Die Menschen waren in Verzweiflung, da die Wasser jeden Augenblick näher kamen, als sie zwei Menschen den Hügel heransteigen sahen, auf dem sie sich versammelt hatten. Der eine davon war alt und grauhaarig, der andere, junge, ging voran. Sie gingen den Hügel hinauf, mitten durch die Menge hindurch, ohne einen anzureden. Der Jüngling setzte sich auf den Gipfel, der Alte neben ihn, und die Heuschrecke setzte sich neben den alten Mann, und alle sahen gegen Osten. Der Alte nahm sieben Beutel unter seinem Kleide hervor und öffnete sie. Jeder enthielt eine kleine Menge Erde. Er erzählte dem Volk, daß er hier Erde von den sieben heiligen Bergen hätte. In den vier Welten wären die sieben heiligen Berge, benannt und gelegen wie die heiligen Berge der Gegenwart im Lande der Navaho.

Da rief das Volk: Vielleicht kann Vater uns helfen! Ich kann es nicht, aber mein Sohn ist imstande, euch zu helfen. Da baten sie den Sohn, ihnen zu helfen, und dieser erklärte, daß er dazu bereit sei, wenn sie sich alle von dem Ort wegbegeben würden, wo sie stünden, mit dem Gesicht gegen Westen, und sich nicht umsehen würden, ehe er sie riefe. Denn niemand sollte ihn bei seinem Werke sehen. Sie taten nach seinem Wunsche, und in wenigen Augenblicken rief er sie, zu ihm zu kommen.

Als sie kamen, sahen sie, daß er die heilige Erde auf den Boden getan hatte, und darin 32 Rohrhalme gepflanzt, die jedes 32 Glieder hatte. Als sie staunten, sahen sie, wie die Wurzeln des Rohres in den Boden eindrangen und reißend schnell nach oben wuchsen. Einen Moment später vereinigten sich alle diese Rohre zu einem Dickicht von gewaltiger Größe mit einer Öffnung auf der östlichen Seite. Nun bat er sie, durch die Öffnung nach der Höhle im Dickicht zu gehen. Als sie alle wohlbehalten darin waren, schloß sich die Öffnung, keinen Augenblick zu spät, denn kaum hatte sie sich geschlossen, als sie die Wasser draußen laut gurgeln und lärmen hörten. Die Wasser stiegen schnell, aber das Rohrdickicht wuchs schneller, und bald war es so hoch, daß es zu schwingen begann, und die Menschen darin waren in großer Furcht, daß es wegen ihres Gewichtes brechen und kippen würde.

Aber einige Halbgötter waren zur Stelle. Der Schwarze stieß einen starken Atem aus durch eine Öffnung oben in dem Dickicht, da formte sich eine schwere dunkle Wolke darum und machte es feststehend. Wieder begann es zu schwanken, wieder gerieten die Menschen in große Angst, da machte der Blaue auch eine Wolke und brachte das Rohrdickicht zum Stehen.

Bei Sonnenuntergang war es bis nahe an den Himmel gewachsen, aber es schwankte und wogte so sehr, daß sie es nicht am Himmel festmachen konnten, bis der Schwarze, der der oberste war, eine Feder aus seinem Kopfputz nahm und sie durch die Spitze des Rohres am Himmel befestigte. Und das ist der Grund, warum das Schilfrohr noch heutigentags eine Feder an seinem Kopfende trägt.

Da sie aber kein Loch im Himmel sahen, so sandten sie den großen Falken aus, um zu sehen, was sich tun ließe. Er flog fort und begann am Himmelsgewölbe zu kratzen, bis er mit seinen Klauen sich soweit hineingekratzt hatte, daß er nicht mehr zu sehen war. Nach einiger Zeit kam er wieder und sagte, daß er dort gekratzt habe, wo er Licht gesehen hätte, aber er hätte nicht durch den Himmel fliegen können.

Nun sandten sie die Heuschrecke aus; diese war lange Zeit abwesend, und als sie wiederkam, hatte sie folgendes zu berichten: Sie war durch die obere Welt gegangen, und kam heraus auf einer kleinen Insel in einem See. Dabei sah sie einen schwarzen Silbertaucher von Osten herankommen und einen gelben von Westen. Einer davon sagte zu ihr: Wer bist du und woher kommst du? Aber sie gab keine Antwort. Da sagte der andere: Wir besitzen die Hälfte der Welt, ich im Osten, mein Bruder Im Westen. Wir bieten dir eine Wette an. Wenn du das tun kannst, war wir tun, bekommst du eine Hälfte der Welt, wenn nicht, mußt du sterben. Jeder von den beiden hatte einen Pfeil, den stieß er sich mitten durchs Herz und warf ihn vor die Heuschrecke hin. Diese nahm einen davon auf und machte es ebenso. Die Vögel schwammen fort nach Ost und West und störten sie nicht mehr. Dann kamen zwei andere Silbertaucher, ein blauer von Süden und ein heller von Norden, und es geschah ebenso. Sie ließen dann das Land der Heuschrecke. Und noch heute sieht man in den Seiten der Heuschrecke die Löcher, die durch die Pfeile gemacht sind.

Aber die Öffnung, die sie beim Aufsteigen gemacht hatte, war zu klein für die vielen Menschen, und so sandten sie den Dachs, daß er sie größer mache. Als dieser zurückkam, hatte er seine Pfoten mit dem Schlamm schwarz gemacht, und seitdem sind die Dachspfoten schwarz.

Nun zeigten der Erste Mann und die Erste Frau, Sonne und Mond, den Menschen den Weg, und alle anderen folgten ihnen, und sie stiegen durch das Loch und erreichten die Oberfläche dieser, der fünften Welt.

Die Tlinkit-Indianer leben an der Nordwestküste Nordamerikas und kennen folgende Sage:

Ein Zauberer hatte sich sehr geärgert und sagte: "Laß Regen kommen und die Erde überfluten und alle Menschen durch Hungersnot vernichten." Da begann es so naß und stürmisch zu werden, daß die Menschen keine Nahrung gewinnen konnten und zu sterben begannen. Ihre Boote zerbrachen und ihre Häuser fielen zusammen, so daß die Not sehr groß war.

Nun forderte der Zauberer seinen Tanzhut, und als er ihn aufsetzte, begann das Wasser oben herauszuströmen. Von diesem Zauberer her haben die Indianer ihre Hüte dieser Art.

Als das Wasser stieg, bedeckte es den Hausflur, und der Rabe und seine Mutter gingen auf den obersten Balken. Dies Haus, von dem wir sprechen, sah aus, wie andere Häuser auch, aber es war in Wahrheit ein Teil der Welt. Es hatte acht Balkenreihen übereinander, und der Rabe und seine Mutter kletterten immer höher. Gleichzeitig bestiegen die Menschen die Hügel. Als aber das Wasser die vierte Balkenlage erreicht hatte, war es halbwegs auf den Bergen. Als das Haus fast voll Wasser war, hüllte der Rabe seine Mutter in den Balg einer Ente, die er getötet hatte, und er selbst zog sich den Balg eines Vogels mit kupferrotem Schnabel an, und noch heute essen die Tlinkit keine Ente, da sie die Mutter des Raben ist.

Die Ente, die ein guter Taucher ist, blieb nicht auf der Oberfläche des Wassers, aber der Rabe flog bis zu den höchsten Wolken des Himmels und hing sich dort an seinem Schnabel auf.

Nachdem der Rabe hier tagelang gehangen hatte, niemand weiß wie lange, öffnete er den Schnabel und bat, daß er auf einen Haufen Kraut fallen möge, weil er dachte, daß das Wasser niedergegangen wäre. Er tat so, und auffliegend fand er, daß das Wasser bis zur halben Höhe der Berge gefallen war. Nun reiste er weiter und begegnete einem Haifisch, der einen großen Balken hatte, der um ihn herumgeschwommen war. Diesen nahm er, stieß ihn heftig nieder in die See und benutzte ihn als Leiter, um auf den Grund des Ozeans hinabzusteigen.

Als er auf dem Grunde ankam, las er einige Seeigel auf und ging mit ihnen weiter. Ab und zu kam der Rabe zu einem Orte, wo eine alte Frau lebte, und sprach zu ihr: "Wie kalt bin ich, nachdem ich diese Seeigel gegessen habe?" Als sie ihm keine Aufmerksamkeit schenkte, wiederholte er diesen Satz immer wieder lange Zeit. Endlich sagte sie: "Über welche Ebbe redet dieser Rabe eigentlich?" Er gab keine Antwort und sogleich wiederholte sie ihre Worte. Nachdem sie ihn dies längere Zeit hindurch gefragt hatte, wurde der Rabe ärgerlich und sagte: "Ich werde dir diese Seeigelhaut in deinen Leib stoßen, wenn du nicht endlich ruhig bist." Endlich tat sie so und begann zu singen: "Tu es nicht, Rabe, die Flut wird nicht niedergehen, wenn du nicht aufhörst."

Zu gleicher Zeit hielt der Rabe den Adler an und fragte ihn, den er hingesetzt hatte, um die Flut zu bewachen: "Wie tief steht die Flut jetzt?" "Sie steht ungefähr halb mannshoch." Immer wieder fragte der Rabe, endlich war sie ganz abgelaufen, und dies war die niedrigste Ebbe, die jemals war. Alle Arten Salm, Walfische, Seehunde und andere Seetiere lagen auf den Sandflächen, wo die Menschen, die übriggeblieben waren, sie nehmen konnten. Sie hatten von dieser Ebbe Vorrat genug für lange Zeit.

Als die Flut sich wieder hob, gaben alle Menschen acht, aus Furcht, es könnte wieder eine Sintflut werden, und sie trugen Lebensmittel weit fort, betend daß sie innehalten möge. Eine ganze Weile vor dieser Flut hatten die Schamanen diese vorausgesagt, und diejenigen, die sich darangemacht hatten, Nahrungsmittel für eine Weile zu sammeln, wurden gerettet, während die anderen vernichtet wurden.

Die Jau-dze wohnen im süd-
lichen Teil der Provinz Kan-
ton und gehören zu den ur-
ältesten Völkern Chinas. Sie
kennen die Geschichte vom
Bruder Langbein und dem
Donnergott.

Vor uralten Zeiten lebte ein sehr großer Mensch, der
führte den Namen Bruder Langbein. Er wohnte mit
seiner betagten Mutter und seiner jüngeren Schwester in einem fruchtbaren, herrlichen, von Bergen ein-
geschlossenen Tal. Er diente seiner Mutter in herzli-
cher Ergebenheit, so daß er als ein Muster treuester
Kindesliebe gelten konnte. Eines Tages führte er
plötzlich eine sehr merkwürdige Rede und sprach
wunderbare, hochmütige Worte, wie: "Die Tiere des
Waldes und des Feldes, die Vögel der Luft, die Fische
des Wassers, sie sind mein, und ich habe von allem
gegessen. Nur das Fleisch des Donnergottes ist noch
nicht über meine Zunge gekommen. Wohlan, ich will
den Donnergott fangen und verzehren."

Doch der Donnergott wohnte im Himmel, und Bruder
Langbein konnte nicht hinauf. Da verfinsterte sich sein
Angesicht, und er ergrimmte, weil er den Donnergott
nicht fangen konnte. Bruder Langbein fand aber einen
Weg, den Donnergott zu überlisten und zu fangen. Als
Kind hatte er von seiner frommen Mutter gehört, daß
der Donnergott ungehorsame Kinder strafe und auf
sie herniederfahre, um sie zu zerschmettern. Er wollte
sich nun zum Schein ungehorsam und unehrerbietig
gegen seine Mutter stellen. Wenn nun der Donnergott
herniederkäme, so wollte er ihn einfangen.

Er nahm Mehl und Honig, rührte es zusammen und
backte Klöße. Diese legte er in ein Stück Bambus und
verbarg sie unter seinem Mantel. Dann ging er hinaus

und hockte sich nieder. In dieser unehrerbietigen Stellung rief er seine Mutter, reichte ihr einen Kloß nach dem anderen, und sie aß. Da ihre Augen bereits dunkel geworden waren, so fiel ihr das Unehrerbietige in der Stellung ihres Sohnes nicht auf.

Ein anderer aber sah es, das war der Donnergott. Zuckend, zischend, grollend fuhr er hernieder, um den Frevler zu treffen. Dieser aber hatte sich wohl vorbereitet. Er sprang zur Seite, und im Augenblick, wo der Blitz in die Erde fuhr, bedeckte er den Donnergott mit einem eisernen Kessel. Der Eisenrand traf dabei das linke Bein des Donnergottes und verwundete es. Daher ist der Donnergott bis auf diesen Tag lahm , was durch das ungleiche, bald lautere, bald leisere Rollen des Donners zum Ausdruck kommt.

Vorsichtig nahm Bruder Langbein dann den Donnergott hervor und brachte ihn in einen eisernen Kessel, den er fest zudeckte. Dann machte er ein Feuer darunter und kochte ihn unentwegt drei Tage und drei Nächte. Am Ende des dritten Tages lugte er vorsichtig hinein, ob der Donnergott noch nicht weich genug sei. Aber siehe da, sein Fell war noch völlig hart und unversehrt. Er saß in der Mitte des Kessels. Nur auf seiner Stirn standen Schweißtropfen und seine Nase hatte einen Spalt bekommen.

Am anderen Morgen mußte Bruder Langbein in den Wald, um Holzvorrat zu holen. Er rief seine Mutter und bat sie, auf das Feuer zu achten, den Deckel aber nicht aufzuheben. Er koche etwas, das ihm zur Speise dienen solle.

Die Alte dachte bei sich selbst: "Eine Speise, die in drei Tagen nicht weich wird, muß doch sehr wunderbar sein. Die sollte man lieber nicht essen." Sie wollte nachsehen, was wohl unter dem Deckel sei. Aber sie gedachte an die Worte ihres Sohnes und zog ihre Finger zurück. Der Donnergott aber kannte ihres Herzens Gedanken; er stöhnte vor Hitze, rief und sprach: "Gute Mutter, hebe den Deckel ab, laß mich heraus! Ich leide Pein in diesem Kessel. Rette mein Leben; ich stamme vom Himmel und möchte dorthin zurück. Gute Mutter, erbarme dich über mich!" Da hob sie ohne viel Besinnen den Deckel auf und ließ den Donnergott heraus. Dieser bedankte sich aufs beste: "Treue Mutter, du hast meinen Leib vom Tode und meine Seele von der Folter errettet; ich danke dir ewiglich."

Der Donnergott wußte, daß in Bälde eine große Sintflut auf Erden kommen sollte. Um seinen Dank durch die Tat zu beweisen, wollte er der guten Mutter einen Weg der Rettung anzeigen. "Hier, gute Mutter, nimm diesen himmlischen Flaschenkürbiskern und pflanze ihn in die Erde. Er wird wachsen und gedeihen und eine sehr große Frucht hervorbringen. Wenn die Sintflut hereinbricht und sich die Wasser deiner Hütte nahen, so steige hinein. Die Wasser werden dich in die Nähe des Himmelstores tragen. Sobald ich dich vom Himmelsfenster aus sehe, sende ich meine Heerscharen aus, um dich aufzunehmen und dich ins Paradies zu geleiten. Dort sollst du bei mir rasten, ruhen und genießen." Nachdem er ausgeredet hatte, bestieg er eine Wolke und fuhr empor. Im Scheiden rief er noch: "Mutter, droben warte ich auf dich." Darauf ward er nicht mehr gesehen.

Bruder Langbein kehrte vom Holzsuchen zurück. Die Mutter hörte seinen Tritt und rief: "Ist mein Sohn wieder da?" "Ja, Mutter. Hast du inzwischen das Feuer gehütet? Mich verlangt nach dem Fleisch des Donnergottes." "Sohn, das Feuer hütete ich wohl. Aber den Donnergott ließ ich frei, weil er mich bat. Ein Ding, das man in drei Tagen nicht weichkochen kann,

gehört nicht der Erde, sondern dem Himmel an. Der
Donnergott gab mir einen Kürbiskern, den habe ich
gepflanzt. Er teilte mir mit, daß in Bälde eine Sintflut
auf Erden komme, um alle Menschen zu verderben;
dann soll mir der Kürbis als Rettungsboot dienen."
Der Sohn war innerlich sehr ergrimmt ob solcher Rede; er hütete sich aber, etwas zu entgegnen, sondern
dachte bei sich selbst: "Wir wollen abwarten und sehen."

Es kam so, wie der Donnergott gesagt hatte. Der Kürbiskern ging auf und setzte eine Frucht an. Die wurde
größer und größer. Sie ward so groß, daß Menschen
hineinkonnten. Da öffneten sich die Schleusen des
Himmels, und es fiel ein starker Regen. Ohne Aufhören goß es vom Himmel, und die Wasser der Erde
stiegen empor. Als Bruder Langbein dies sah, sprach
er in seinem Herzen: "Es sieht doch so aus, als ob der
Donnergott recht behielte; ich will den Kürbis zurüs-
ten." Er überredete dann seine Schwester, mit ihm in
den Kürbis zu steigen. Das Wasser stieg und bedeckte die Ebenen, es stieg und bedeckte die Berge. Es
stieg immer höher, bis daß die höchsten Berge dem
Meer glichen. Die Menschen wurden durch des Wassers Gewalt vernichtet. Der Kürbis ward von den
Wassern höher und höher, bis an die Tür des Himmels getragen.

Der Donnergott sah durch die Fenster des Himmels
und gewahrte den schwimmenden Kürbis. Da rief er
mit lauter Stimme: "Gute Mutter, gute Mutter, bist du
es?" Zugleich sandte er seine Heerscharen, um sie zu
der Himmelstür zu geleiten. Er befahl, die Haupttür zu
öffnen, und rief: "Komm herein und genieße in meiner
Nähe das dir bereitete Glück."

Bruder Langbein saß mit seiner Schwester im Kürbis
und hörte, wie jemand fortwährend "Mutter, Mutter!"

rief. Da richtete er sich auf, trat auf eine Stufe und blickte durch das Loch in dem Hals des Kürbisses. Er sah seinen Todfeind vor sich. Laut rief er ihn an: "Was hast du zu rufen: Mutter, Mutter! Wer soll sie sein? Ich bin der Sohn. Meine Mutter ließ dich damals frei, jetzt aber will ich dich vernichten. Ich habe von allem Fleisch gegessen, nur von dem deinen nicht." Damit schickte er sich an, in den Himmel zu springen. Der Donnergott fürchtete sich sehr ob solcher Rede. Dem erzürnten Menschen war alles zuzutrauen. Er sprach: "Ich meinte es gut mit den Menschen, und nun sind sie böse und wollen mich gar vernichten. Ich wähnte, meine Retterin in den Himmel führen zu können, da begegne ich meinem Feind." Er gebot dem Himmelspförtner: "Schließe das Himmelstor, damit der Wahnwitzige es nicht stürmt!" Da stand Bruder Langbein vor der verschlossenen Himmelstüre und zog sich wieder in den Kürbis zurück, und dieser schwamm weiter mit den Wassern.

Als das Wasser sich endlich verlief, da saß der Kürbis fest. Das Geschwisterpaar verließ den Kürbis und hielt Umschau auf der Erde.

Da war eine große Veränderung eingetreten. Erde und Meer hatten neue Gestaltungen angenommen. Auch die Berge waren völlig verändert. Die Geschwister redeten miteinander: "Es scheint, als ob alle Lebendigen von der Erde ausgerottet sind und wir allein übrig seien. Wohlan, laß uns wandern und überall zusehn, ob wir noch andere Menschen finden." Bruder Langbein ergriff dann einen eisernen Stab, der war zwölf Fuß lang. Die beiden zogen von Ort zu Ort, von Land zu Land, aber Menschen fanden sie nicht. Man kann nicht ausrechnen, wie weit und wie lange sie wanderten. Es war aber lange, und so weit, bis sein Eisenstab nur noch einige Zoll lang war.

In einem Tale fand Langbein eine Schildkröte. Vor diese trat er hin und sprach. "Hast du noch Menschen gesehen in der Welt?" Sie antwortete: "Die zehntausend Lebewesen sind ausgerottet, nur ich bin allein übriggeblieben." Da schrie Langbein sie an: "Wenn alles ausgerottet ist, wozu lebst du noch?" und damit schlug er sie mit seinem Eisenstab, bis ihre runde Schale flach war. Davon ist die Schildkröte breit und flach bis auf den heutigen Tag.

Eines anderen Tages sah er eine Krabbe, die lief quer über den Weg. Auch sie rief er an: "Sage mir, hast du irgendwo Menschen gesehen?" Sie antwortete: "Nein. Alles Leben ist ausgerottet." Da hieb er ihr mit einem einzigen furchtbaren Schlage die Schale vom Körper los und rief: "Wenn alles Leben ausgerottet ist, warum du nicht auch? Die Krabbe aber nahm ihre Schale auf den Rücken und trug sie fort. Deshalb ist die Schale bis auf diesen Tag nicht mit dem Fleisch der Krabbe verwachsen.

Endlich gaben die Geschwister das Wandern auf, denn es waren gewißlich keine Menschen auf der Erde zu finden. Sie beratschlagten nun miteinander, wie sich ihre und der Erde Zukunft gestalten sollte: "Alles Leben ist ausgerottet, wie soll nun die Erde bebaut und bevölkert werden! Du und ich, wir sind Geschwister. Das Himmelsgesetz verbietet uns die Ehe. Du allein kannst kein Leben zeugen; ich auch nicht. Wir wollen den Himmelsherrn um ein Zeichen bitten, daß er uns zeige, welches sein Wille sei. Ist es sein Wille und Gebot, so wollen wir uns nicht länger widersetzen."

Bruder Langbein trennte sich von seiner Schwester. Sie schlug diesseits, er jenseits des Flusses eine Hütte auf. So warteten sie unter Fasten und Gebet auf ein Zeichen. Ihrer beider Weihrauch stieg empor und vereinigte sich über dem Flusse zu einer einzigen großen Rauchsäule. Das war ein deutliches Zeichen. Eines Morgens ordneten beide ihr Haar. Siehe da, die Haare beider strebten einander zu, sie verflochten sich in der Mitte des Flusses und drehten sich fester und fester, bis die beiden Geschwister fest miteinander verbunden waren.

Jetzt wußten sie, daß der Himmel ihnen zwei Zeichen gegeben hatte, und sie verstanden die göttlichen Winke. Sie wurde Eheleute und zeugten viele Söhne und Töchter. Alle Menschen der Erde, die gelben, braunen, weißen und roten Menschen, stammen von diesem Ehepaare ab.

Von den Pelau-Inseln der
westlichen Karolinen stammt
nachstehende Erzählung:

In alten Zeiten, ehe noch die heutigen Menschen lebten, da waren die Bewohner der Pelau-Inseln wohl
alle Kalits (Heroen), denn sie waren stark und voll-
führten Wunderdinge, und die Kalits gingen herum auf
der Erde wie andere Menschen. Einer dieser Kalits,
Namens Atndokl, der einer der Obakads (Baumgott-
heiten) war, kam nach Ngarekobukl im heutigen Eyr-
ray und wurde von dessen Einwohnern umgebracht.
Da gingen die übrigen der sieben befreundeten Götter
ihn zu suchen und kamen nach derselben Ortschaft,
deren Bewohner für boshaft bekannt waren.

Die Götter wurden also überall unfreundlich empfangen mit einziger Ausnahme einer alten Frau, namens
Milatk, die sie in ihrem Hause aufnahm und auch mit
dem Tode des Atndokl bekannt machte. Voll Schmerz
und Zorn entschlossen sich die Götter, ihn zu rächen,
um aber die Freundlichkeit der alten Frau zu vergel-
ten, beschlossen sie, dieselbe zu retten, und rieten ihr
deshalb, sich ein Floß zu bereiten und dasselbe mittels eines Taues aus Waldschlingen an einem Baume
zu befestigen. Um die Zeit des Vollmondes trat eine
ungeheure Flut ein, die ganz Pelau bedeckte, die gute
Milatk aber trieb auf ihrem Floße herum, bis endlich
ihr Tau zu kurz wurde und sie in den Fluten den Tod
fand. Ihre Leiche trieb herum und verfing sich endlich
mit den Haaren in einem Gestrüpp des Royosch Aremolunguy. Als nachher die Götter auf die Erde kamen, um die Milatk zu besuchen, fanden sie sie tot
und bedauerten ihr Schicksal so, daß der älteste sie
wieder zum Leben zu rufen beschloß. Er tat dieses
auch, indem er ihr in die Brust seinen Atem einhauch-
te, indessen er wollte sie auch unsterblich machen
und dazu hatte er ein Unsterblichkeitswasser nötig,

welches ihm einer seiner Gefährten holen sollte. Einer der Götter aber, der Tariit, der sein Bild im Rallus pectoralis (ein Vogel) hat, war boshaft und wollte nicht, daß die Menschen unsterblich sein sollten und so beredete er den Kamaralbaum (Hibiscus), daß er das Taroblatt, in welchem das Wasser gebracht wurde, durchstechen sollte, was der letztere mittels eines vertrockneten Zweigendes tat. Die Milatk kam dadurch um ihre Unsterblichkeit und der Kamaral erhielt ein so dauerhaftes Leben, daß sein kleinstes Stück, in die Erde gelangt, keimt und zum Baume aufwächst.

Der erzürnte Obakad aber bestrafte den Tariit; der trägt heute noch die Spur davon in dem breiten roten Striche, den er auf dem Kopfe hat. Seitdem gilt der Tariit als das Sinnbild der Bosheit. Die Milatk blieb nun in Aremolunguy und wurde die Mutter der heutigen Menschen.

Der Literatur der Perser - hier dem Bundehesch - ist folgende Flutsage entnommen:

In den ersten Zeiten der Welt, während des Krieges mit Ahriman, erschien der Stern Tistar in dreifacher Gestalt: In dem Körper eines Mannes, eines Pferdes und eines Stiers in der Welt, um den Regen in diese zu senden. Die Erde war damals angefüllt mit schädlichen Geschöpfen, welche das böse Prinzip geschaffen hatte.

Tistar regnete nun mit jedem seiner Körper zehn Tage, also im ganzen 30 Tage lang. Als er in seiner ersten Gestalt geregnet hatte mit Tropfen von der Größe einer Untertasse, da stieg das Wasser mannshoch auf der Erde und alle die schädlichen Geschöpfe mußten sterben.

Dann kam ein himmlischer Wind und fegte das Wasser hinweg, aber der Samen der vertilgten schädlichen Geschöpfe war auf der Erde zurückgeblieben und verursachte Gift und Fäulnis.

Zum zweiten Male stieg Tistar in Gestalt eines weißen Pferdes auf die Erde herab, um von neuem zu regnen. Ihm trat aber der Dämon Apaosha entgegen in Gestalt eines schwarzen Pferdes, um ihn von seinem Vorhaben abzuhalten. Lange schwankte der Kampf, und nur durch die übernatürliche Hilfe, die Ormazd dem Tistar zusendet, wird der Sieg zuletzt diesem zuteil; er schlägt den Apaosha mit Hilfe des Blitzesfeuers, das er als seine Keule gebraucht, ebenso den Dämon Cpendschaghra, der denselben begleitet. Der also geschlagene Dämon stößt ein fürchterliches Geschrei aus, wie wir es noch jetzt im Gewitter vernehmen. Tistar aber regnete von neuem, und das auf der

Erde gebliebene Gift der schädlichen Tiere mischte
sich in dieses Wasser, welches davon salzig wurde.

Von neuem erhob sich ein großer Wind, welcher dieses Wasser in drei Tagen nach den Enden der Erde
hintrieb; es entstanden davon drei große und 23 kleine Meere.

Die Wogulen (Nordwest-
asien) kennen noch eine
andere Flutsage:

Die Helden und die Riesen lebten früher im Himmel
und bedienten die Götter; sie waren langlebig - ihr
Leben dauerte bis an die 300 - 400 Jahre. Später, als
ihrer viele wurden, wurden sie auf die Erde hinabge-
lassen. Hier fingen sie an, miteinander zu kämpfen
und sich zu schlagen - hauptsächlich wegen der Frau-
en.

Numi-Torum, der im Auftrage seines Vaters alles be-
obachtet, was auf Erden vorgeht, warnte sie mehr-
mals, aber immer umsonst. Da stieg er auf die Erde
hinab und zündete alles an. Viele Helden kamen dabei um, aber nicht alle. Die am Leben Gebliebenen
fingen an, sich aus Waldmangel Erdhütten zu bauen,
deren Spuren noch heute zu sehen sind.

Ohne das Unglück, das sie betroffen hatte, zu beach-
ten, begannen die Helden untereinander wieder einen
erbitterten Kampf und trieben es so arg, daß der erzürnte Numi-Tarem eine Sündflut veranstaltete, während welcher sie auch alle umkamen.

Nach der Sündflut gab es freilich auch Helden, das
waren aber solche, die von neuem vom Himmel her-
abgelassen waren. Sie lebten entweder in einzelnen
Familien oder in ganzen Dörfern, wobei sie die Häuser aus Stein und aus Erde machten.

Während der Sündflut, die drei Tage dauerte, nahm
Gold-Kwores die Sonne, den Mond und die Sterne
fort, um eine vollständige Finsternis zu verursachen
und auf solche Weise allen die Möglichkeit der Rettung zu rauben.

Als das Wasser gefallen war, machte sich Numi-Tarem an die Erschaffung neuer Wesen, da er
sah, daß niemand auf der zu belebenden Erde vorhanden war. Zur selben Zeit, als die Erde eben ein
wenig trocken geworden war, ließ Numi-Torum aus
Versehen seinen Gürtel fallen, und aus diesem entstand das Uralgebirge.

Verwendete Literatur

Anderson, W.: "Nordasiatische Flutsagen", in Acta et
Commentationes Universitas Dorpatensis,
Band IV, 3, Dorpat 1923

Andree, Richard: "Die Flutsagen", Braunschweig 1891

Biblia Sacra, oder die heilige Schrift des alten und neuen
Testaments mit Genehmhaltung und Gutheissen
Seiner Eminenz des Fürst-Erzbischofes Kardinals
von Migazzi, Wien 1792

Dähnhart, Oskar: "Natursagen"

Diestel, Ludwig: "Die Sintflut und die Flutsagen des
Altertums", 1. Auflage, Berlin 1871

Gerland, G.: "Der Mythos von der Sintflut", Bonn 1912

Das Gilgamesch-Epos, neu übersetzt und mit Anmerkun-
gen versehen von Albert Schott, Stuttgart 1978

Müller, Werner: "Die ältesten amerikanischen Sintfluterzählungen", Bonner Dissertation 1939

Publius Ovidius Naso: "Metamorphosen" in deutsche Hexa-
meter übertragen und mit dem Text herausgege-
ben von Erich Rösch, München 1952

Riem, J.: "Die Sintflut in Sage und Wissenschaft",
Hamburg 1925

Schwarz, von: "Sintflut und Völkerwanderung",
Stuttgart 1894

Winternitz, M.: "Die Flutsagen des Alterthums und der
Naturvölker" in: Mitteilungen der Anthropolo-
gischen Gesellschaft in Wien 31, Wien 1901